HORSITA

Née à Paris en 1968, Lorette Nobécourt est l'auteur de deux autres romans, *La Démangeaison* (1994) et *La Conversation* (1998), et d'un texte intitulé *L'Equarrissage*, publié dans le recueil *Dix* (Grasset/Les Inrockuptibles, 1997). *Horsita* est son troisième roman.

Paru dans Le Livre de Poche :

LORETTE NOBÉCOURT

Horsita

ROMAN

GRASSET

à Suzanne,
à toi, Pascou, à toi,

Voilà ce que j'annonce après avoir été trompé
Par celui qui devait m'aider dans mon malheur.

OVIDE.

Une petite fille morte dit : Je
suis celle qui pouffe d'horreur
dans les poumons de la vivante.
Qu'on m'enlève tout de suite de
là.

Antonin ARTAUD.

Il n'y a pas lieu de s'en étonner,
car depuis longtemps déjà, pour
d'autres motifs, l'élimination de
l'enfant en l'homme est considé-
rée comme une œuvre méritoire.

Giacomo LEOPARDI.

(...)

C'est une croix que la vérité. Je vous parle pourtant d'un abysse où les mots n'ont plus sens. Il ne fallait pas exagérer. C'était cette histoire-là d'Horsita que je voulais conter. Et la Pologne, surtout la Pologne, le père engrossé de cette Pologne comme une géographie sanguine et brune. Dans l'oratorio de mes veines, j'avais cette funèbre aptitude. Quelque chose était tailladé dans ce sang-là.

La peau des varans, hélas, est aussi douce que celle des grands brûlés. Il y eut le dernier coup de lance-flammes, et puis plus rien. Ma langue s'est repliée en ma bouche comme un petit animal timide et ventru. C'était cette histoire-là que je voulais conter :

Horsita était nue, couchée, au fond du

couloir, lorsque la beauté de la génuflexion avait encore un sens. Le paradis est ici entre mes mains, le paradis est ici entre mes petites mains de vieille squaw. S'il n'y avait pas eu la guerre, je n'aurais pas cauche-mardé le ciel : Plein, fourni, fourbu, repu de tirs et d'éclats, saturé de bombardements, la mousse blanche dans les oreilles, le bruit dans le tympan et qui impose, en s'atté-nuant, le silence du bourdonnement.

Horsita,
Tu as eu les cheveux longs avec une très grosse barrette qui endiguait le brun de tes mèches enfantines. Je me souviens de tes yeux beiges, tes yeux trempés, tes grands yeux épuisés de nerfs et mouillés à l'eau de source. Tu avais cette maladie contractée par je ne sais quel orifice, au point que tes mains agitées dans la ville s'affolaient comme la volière panique après le coup de pistolet. Tu pompais les gouttes dans le petit flacon à l'éti-quette jaune, en mettant directement la pipette dans ta bouche.

Je me suis tenue humble et laide dans le coin de la fenêtre. Horsita, j'ai vu sa nuque à vif et la colonne vertébrale de derrière ses chairs. Je ne sortirai pas de cet état de sainte. Il ne nous reste plus beaucoup de jours pour voir le soleil couchant rouge et or, bleuté, sur la plaine.

14

Te souviens-tu du sourire orangé des crevasses sur ton pouce? Après, juste après, nous avions enterré ensemble le pétunia violet que tu avais tant aimé. Horsita, je n'ai pas peur de ma honte. Si je n'avais pas perdu le langage, j'aurais supplié ton pardon. Mais il faut encore croire à cet humide mot de pardon pour savoir l'appeler. S'il n'y avait pas eu le lance-flammes, et la peau de ma langue gelée par trop de brûlures. Nous reparlerons des trains en hiver et de mes peines à douter. Je m'applique à te laisser vivre. Ma seule dignité, Horsita, fut de savoir m'agenouiller devant toi. J'ai goûté à la sensation pieuse de chacune de mes fibres.

(mais comment diable ai-je pu si long-temps me prendre pour moi-même?)

Et comment calmer cette mer? (quelle mer?) : cette Sibérie d'Europe battue par les vents? Elle ne savait pas. Ni que faire de sa croix. Les après-midi sont longues quand il faut porter le poids du secret. Hortense a bu quand elle n'avait pas soif. Car l'étau se des-serre quand le vin irrigue les veines. Elle savait cela, cette distillerie du corps pour une pensée liquide. Elle est sèche mainte-nant comme le désert. Et pourtant, il faudra bien qu'elle parle plus avant puisque c'est là l'histoire de sa vie. Mais qu'importe sa vie!

N'y aura-t-il que des fragments? Com-ment cela pourrait-il être juste? Vivons-nous autrement que par scansion, par halè-tement? Comment narrer ces événements dans leur continuité? Il n'y a pas de vie continue car il n'y a pas de massacre continu. Seulement un détail après l'autre qui, accumulés et avec la distance, le recul, nous donnent un aperçu de l'horreur du tableau.

(San Salvador)

Il fallait bien quitter la France pour éprouver au milieu des pauvres, des moins-que-rien, des gueux, qui elle était, non pas de la race des seigneurs, mais pauvre au milieu des pauvres, avec entre lui et elle ces tonnes d'eau, cette flotte en océan, en paquets salés, où vivaient tous les monstres marins, et les méduses, aussi les méduses et les poulpes. Au milieu des pauvres, dans la brutalité de cette ville éclatée, dans cet infâme gourbi, sur ce lit à deux places sans draps, et le hamac en corde dure au centre de la pièce, seule, à scruter les cafards gros comme des moineaux dont elle n'avait qu'une seule crainte : qu'ils pussent s'envoler.

ils nous ont appris à haïr les insectes, les salauds !

Dans le bus, accrochée au rétroviseur fendu du chauffeur, une petite icône de Jésus-Christ les deux doigts levés,

ces deux-là, nous les utilisions entre nos cuisses pour la chiffonnade mouillée puis gonflée, car trop sûrement tourmentée par nos doigts, index et majeur, ceux du Christ la main levée, cette rose chiffonnade, brouillée comme le visage de qui a trop longtemps dormi : les plis des draps sont inscrits sur la joue

les deux doigts levés du Christ en rouge et or dans un cadre bleu turquoise pendu au rétroviseur du chauffeur poisseux, où elle avait lu : *Sey prudente, los tuyos te esperan*, comme si ses *tuyos* à elle avaient pu espérer quoi que ce soit ou même l'attendre, l'attendaient-ils ?

nous attendraient-ils ?

En prenant le bus donc, en lisant la phrase qu'elle avait aussitôt repérée sous le Christ doré, elle avait eu soudain la peur panique de mourir ici, dans ce bus, comme s'il y avait là, dans cette phrase *Sey prudente, los tuyos te esperan*, le signe d'un quelconque destin, comme s'il était possible que le mot même de destin eût un sens, elle avait eu peur de mourir là, dans une hypothétique embuscade organisée contre ce bus-là, et ce jour-là.

18

Par la fenêtre, elle aurait d'abord aperçu les mitraillettes, puis les garçons à la nervosité frissonnante, à peine des hommes, avec le duvet qui leur pousserait maladroitement dessus la bouche. Elle avait craint que le hasard, cette logique du destin, la fît mourir là, au bout d'un canon qu'aurait tenu un jeune garçon engagé dans cette guerre, à rendre justice pour une gamelle de *huevos y frijoles* et une paire de solides chaussures, pour ne plus avoir faim ni sentir les cailloux sous ses pieds nus, elle avait craint que ce soit ce jour-là, dans ce pays-là où la vie n'avait guère d'importance, s'étant alors rendu compte combien elle devait y tenir, aussi cabossée et enlaidie qu'était devenue la sienne, elle avait craint, oui...

Auraient-ils hésité devant sa peau blanche et son nez pointu, ses petites lèvres fines sagement alignées l'une contre l'autre et qui auraient vomi la peur ? Auraient-ils hésité ? Non, ils n'auraient hésité en rien, pour un peu que le matin même, la gamelle ait été lésée de *frijoles*, pour un peu que ce matin-là les *huevos* aient manqué dans l'assiette du jeune garçon, à peine un homme, et le duvet sur l'ourlet de la bouche, massive, charnue et belle, bonne à embrasser, naturellement, comme l'étaient à peu près toutes les bouches ici, dans ce pays, au milieu des moins-que-rien, où les hommes la dévisageaient avec des choses dans le regard qui brillaient, des morceaux de cristal liquide, considéraient ses cheveux blonds et ses yeux bleus, la race des seigneurs...

Et ils avaient roulé pendant huit heures d'affilée,

nous vîmes le sol de terre battue défiler lentement par le trou du plancher sous nos pieds

alors qu'elle guettait au milieu des cochons noirs l'hypothétique embuscade des jeunes garçons qui n'auraient pas été tout à fait des hommes, avec leurs solides paires de chaussures et les *huevos* dans leur estomac anciennement affamé, avant qu'ils ne s'engagent pour la justice et la liberté dans la guerre. C'était au cours de ce voyage-là, exactement celui-là, *nous nous en souvenons*, le premier voyage de huit heures dans le bus, à traverser d'inquiétantes campagnes tropicales, qu'elle avait rampé sur le plancher, *nous vîmes le sol de terre battue défiler*, qu'elle avait rampé jusqu'au conducteur, sous le Christ en rouge et or, pour lui demander d'arrêter cette course lente, car son estomac ne digérait ni les *huevos*, ni les *frijoles*, payés le matin même au gros monsieur qui tenait l'infâme gourbi où quelques gouttes d'eau

brunâtre coulant d'un tuyau rouillé faisaient office de douche à l'étage, premier
étage, son estomac ne digérant plus rien du
tout malgré le Pepsi Cola tiède ingurgité à la
place de l'eau, car l'eau, *on nous l'avait bien
dit*, car l'eau était pourrie au pays des
gueux, des moins-que-rien, mais les *huevos
y frijoles* se liquéfiaient maintenant dans
son ventre où s'épanouissait cette douleur
peptique qui la perforait, c'était au cours de
ce voyage-là qu'elle avait rampé jusqu'au
chauffeur pour, dans un espagnol maculé
de français :

— Usted se puede stopar ?

Il ne l'avait pas regardée, le seul qui ne
l'ait pas regardée dans le bus, quand tous,
derrière, avaient fixé de leurs yeux ruisselants ce ventre auquel elle s'appuyait, se
tenait pour ne pas sombrer dans les
épreintes, si bien qu'elle avait fini par tenter
de s'accroupir au-dessus du trou dans le
plancher, et là, dans des gémissements
tièdes, ses cheveux blonds, ses jolis cheveux
blonds mouillés et collés à ses tempes, elle
avait évacué cette boue liquide qu'étaient
devenus les *huevos y frijoles*, la merde glis-
sant le long de ses jambes, à l'intérieur du
pantalon (jamais de jupe ici, jamais), écla-
boussant ses tennis immaculées, mais aussi
le plancher et sans doute la terre battue, le

tout dégageant une odeur repoussante dans laquelle elle avait baigné jusqu'à l'arrêt de l'autobus cinq minutes plus tard, stoppé net par une patrouille de jeunes garçons, pas tout à fait des hommes, qui avaient fait descendre du véhicule les quelque quarante personnes occupant l'habitacle conçu pour n'en contenir que trente-cinq.

C'était elle, la représentante directe de la race des seigneurs, qui descendait du bus, la merde collée au pantalon, mais parfumée à l'eau de toilette *Liu* de chez Guerlain, créée en 1929, du temps où le monde était encore le monde, elle qui serrait dans sa poche le léger morceau de bois en forme d'hippocampe, il en avait la possible texture et l'allure, ce petit cheval de mer trouvé autrefois dans les forêts du Sud,

car nous allions autrefois en Ardèche pour les vacances d'été, où des ombres fugitives se faufilant derrière la terrasse éclairée par la lampe à pétrole, inquiétaient notre enfance. A nos pieds la vallée, les collines et les arbres, ces brocolis géants au creux desquels coulait une rivière. Nous savions alors entendre le râle des blés la nuit. Déjà, nous agaçait ce simple mot d'impatience

elle à qui l'on demandait son passeport (Hortense Gagel) dans un dialecte incompréhensible, elle qui persistait à sentir son estomac se vidant par l'anus, sans savoir exactement s'il fallait voir là les effets continus de la diarrhée, ou de l'angoisse qui tel un ridicule filet de pêcheur venait de tomber sur son cœur, cette pompe à folie, petit animal se débattant dans les mailles sans pouvoir se calmer, pris de panique, lâchant dans la totalité de son corps des jets de peur comme les poulpes l'encre noire au moment de fuir, elle qui attendait que l'on emmenât derrière l'église un homme au visage éparpillé, sans doute lui aussi par la peur,

— Usted no tiene la prueba ?

elle qui entendit cette question, quelques cris, puis le silence, pendant que les jeunes garçons aux mitraillettes géantes faisaient remonter dans le bus puant la merde tout au fond, les quelque quarante personnes moins une, plus la représentante directe de la race des seigneurs, et les invitaient à partir avec de grands gestes d'oiseaux impatients.

Trois heures plus tard, elle était descendue, son sac de toile en bandoulière, sur une place minuscule ravagée d'herbes folles, avec une église aussi sur la droite, et deux jeunes garçons. Eux non plus n'étaient pas tout à fait des hommes. L'autobus l'avait laissée là, en plein jour, en pleine place, aussi visible qu'un ver luisant dans la nuit noire.

— Que quieres, Madam ?

Il avait peut-être huit ou dix ans, le regard déjà usé, les pieds nus, un espagnol approximatif et la main tendue, prêt à l'emmener là où elle désirait aller, plus loin, à trois kilomètres, à pied donc, par le chemin précisément où, la semaine passée, dix paysans avaient été massacrés à coups de machette, elle l'avait lu en arrivant à San Salvador, dans le journal du pays voisin, ce pays exactement d'où elle venait et qui, de même, abritait des pauvres, des gueux, des moins-que-rien : culs-de-jatte se relevant d'un bond à la tombée du soir, mais aussi hommes-troncs vissés au socle de leur planche à roulettes qu'actionnaient des bras énormes. Le pays voisin : une presse soi-disant libre, un paragraphe, dix paysans, dont elle voyait sur les pierres surgissant dans le chemin comme de durs furoncles, les traces du sang séché, un tourbillon de petites étoiles rouges incrustées dans l'innocence des cailloux. Restait un chapeau mou dans l'univers inquiétant des broussailles. Qu'elle n'avait pas osé toucher, à peine regarder, se demandant si l'enfant aux pieds nus la conduisait bien jusqu'à cet autre village où se devait d'habiter un homme ayant

24

déjà une vraie moustache — et ses yeux à lui n'auraient pas été ruisselants —, un ami de Sam, resté lui aussi avec tous les autres, ses *tuyos*, de l'autre côté de l'eau, par-delà les océans, *overseas* comme ils disent, et qui lui avait indiqué l'homme, le village, la moustache qui se tenait maintenant derrière la mitraillette, mais c'était une autre moustache, plus grise que ce qui lui avait été dit, et le regard plus mouillé, qui ne comprenait pas son espagnol maculé de français, ni la signification de ces trois lettres s.a.m., ni des trois autres supplémentaires : u.e.l., Samuel. A qui faire confiance donc ? Se pouvait-il que Samuel ait menti lui aussi, comme tous les autres, comme elle-même ? Se pouvait-il qu'il se soit trompé en inscrivant sur la fiche jaune saisie d'un geste prompt sur son bureau à elle,

(les fiches, qu'on apporte les fiches, il faut donner des pistes, reprendre depuis le début, comme si tout cela pouvait avoir un début, un milieu et une fin, et de qui se moque-t-on ! Comme s'il était possible qu'il y eût un ordre à cette existence s'effilochant seconde après seconde, comme s'il fallait expliquer ce qui est inexplicable, trouver un sens ou des réponses à ce qui n'en possède pas. Un jour il y aurait le maelström :

— Revenez me voir quand vous voudrez savoir...)

Se pouvait-il que Samuel se soit trompé en inscrivant sur la fiche jaune le nom de Pedro que la supposée moustache était censée porter, songeait-elle (à moins que l'homme n'eût disparu : tué ? écorché ? pendu ? mort de faim ?), tandis que le gamin, le regard humide, la raccompagnait vers le village et l'église, contre quelques pièces, une caresse furtive sur son crâne méfiant.

Elle avait revu les cailloux, les paysans, morts désormais, et les broussailles, le chapeau mou qui la hantait dans le bus, un autre, sans cadre ni Jésus-Christ, et presque vide, sans la peur au ventre de l'embuscade par ces jeunes garçons qui ne seraient pas tout à fait des hommes, mais toujours les intestins tordus, la race des seigneurs en charpie, la tête appuyée contre la vitre grasse, — comme autrefois, mais dans quelle vie ? il y a cent ans, qui le prouvera ? —, observant quelques cochons en noir et rose, dans leur tutu de fortune, les petits agglutinés contre les mamelles de la mère étalée de tout son flanc sur le sol, assaillie par les bouches avides, et trois bonnes sœurs en pantalon, mais le voile, *à quoi nous savions les reconnaître.*

26

Se pouvait-il que Samuel eût menti, en inscrivant le nom de Pedro sur la fiche saisie d'un geste prompt sur son bureau à elle, au-dessus duquel était disposé dans un cadre un morceau de papier épuisé par le temps où elle avait, autrefois, inscrit ces mots :

C'était un vendredi, j'allais vers la maison, j'allais dans ma chambre, sur le balcon je chantais mes deux chansons préférées l'une après l'autre, j'étais seule.

8 ans, mars 1976, un papa, une maman, une sœur.

et pourtant il nous faut préciser que, déjà, nous n'avions ni frère ni sœur

Se pouvait-il que les fiches de son existence se fussent si maladroitement mélangées ?

les fiches, qui furent notre structure tant il fallait récapituler, ne pas devenir folle, à cet âge où l'on ignorait qu'il y avait là de quoi, en effet, non pas devenir folle mais s'abîmer, chuter, choir, ne pas se relever.

Il fut de ces après-midi, de ces crépuscules d'hiver où notre corps tomba dans la course sur le parquet ciré, les tapis trop nombreux, où la chute précipitait la voix, sa voix, cette voix de papa, quelques cris, une terreur au fond de nous. La voix qui aboyait au-dessus de nos joues, la voix qui se penchait pour

vérifier l'ordre, l'harmonie, qu'aucune tache
de sang n'avait troublé la beauté du kirman
de l'entrée. Les mains sur nos épaules, sur
notre front, sur le poignet qui faisait mal,
vers le nez qui eût pu saigner, ces mains-là,
de nous, toujours ignorées. Mais la voix, le
tapis, la possible tache.

— Raus, raus !

hurlait-il, quand nous le quittions en cou-
rant jusqu'à la chambre, sur le lit, pour sentir
le rythme du cœur battre dans la plante de
nos pieds, comme si la nuit, dans l'obscurité,
on avait déposé là, couchée à l'intérieur
même de la chair, une taupe effrayée, comme
s'il fût dans nos pieds, l'effroi d'une taupe
aveugle. Il fallait oui, l'ordre, la structure, nos
fiches et la certitude de ne jamais pouvoir
compter sur, sans pour autant oser y croire.
De là, peut-être, que sur l'agenda scolaire,
chaque année, aidés d'une plume Sergent
Major, nos doigts remplissaient sagement la
case « En cas d'accident prévenir » : mon
âne.

Quelque chose en nous savait déjà beaucoup. Des ânes nous en avions, un dans le
crâne, les autres en peluche dans le berceau
en bois, couchés tous les soirs par nos soins.

Galichon : *avril 78, délaissé trois ans plus
tard. Galichon pour l'appendicite.*

Truocébon : *juillet 80, pour la tête ouverte
avec la balançoire.*

Quasimodo : *octobre 76, pour le nez cassé en jouant dans la chambre à poursuivre une camarade de classe, le coin de la table de nuit pris de plein fouet dans l'arête nasale.*

Romarain : *juin 73, pour la classe de maternelle, sautée on ne savait pourquoi*

— Revenez me voir quand vous voudrez savoir...

Revoir qui? Savoir quoi? « Et nous sommes revenus Monsieur le capitaine! »

Elle ne reviendrait pas vers la moustache grise, pour savoir qui et comprendre quoi? En quittant le bus, de retour dans la ville explosée, elle était entrée dans le premier cinéma, au balcon — le poulailler —, dans la peur, se réfugiant dans les plis d'un mauvais film de guerre à l'américaine (l'armoricaine), ayant saisi par-delà sa cornée l'image terrifiante d'un genou purulent sur le trottoir, le ménisque libéré de la chair, l'articulation ouverte, laissant vaquer les os à leur inutile occupation, désormais, les yeux fermés, assise au dernier rang, ingambe, elle avait caressé machinalement, mais avec tendresse, l'ovale de ses rotules, songeant que,

le genou fut notre socle quotidien : appui du matin dans la chapelle des sœurs, appui de la sieste quand la punition nous conduisait au coin, appui du soir pour dire merci, à

29

qui? à Dieu, de quoi? de cette confusion
désastreuse que singeait notre vie. Pourtant,
on parlait beaucoup d'amour ici ou là : tous
les jeudis à la cantine, dans le réfectoire jaune
aux remugles douteux, Rosa recevait, en plus
de ses quenelles — que nous imaginions res-
sembler aux « bites » — accompagnées de riz,
une petite bassine en plastique vert qui atten-
dait sa fonction. Rosa haïssait les quenelles.
Les sœurs, gentilles, prévoyaient la bassine
après l'avoir condamnée à avaler la totalité de
ses deux « bites à l'armoricaine » qu'elle
régurgitait aussitôt dans des hoquets à nos
yeux désastreux. Nous ignorions alors, que
derrière leur mot d'amour, se glissait le
vocable de vice

songeant qu'il faudrait bien revenir dans
l'infâme gourbi et attendre en scrutant les
cafards *(cokroachs, cucarachas)* qui pourraient prendre leur envol, derrière la porte
mal fermée avec la crainte qu'ils rentrent
dans la pièce et dans le corps, eux, tous les
hommes, les moins-que-rien, les démunis,
les gueux, qui avaient des bouches si
bonnes à embrasser — naturellement.

— Usted no tiene la prueva,

hurlait la bouche stupide et soudain espagnole, d'un acteur américain mondialement
connu.

30

Chère Horsita,

Je te parlerai un jour de l'extase du renoncement, cette génuflexion de l'esprit qui pose le ménisque de l'orgueil à terre et laisse la conscience roide et nue dans la nuit.

Et maintenant appuyée contre la porte, Hortense regardait le sommeil qui ne viendrait pas cet après-midi encore, se fondre dans le soleil, en couleur, comme il fut en couleur, là-bas, dans le froid de l'Est, était-ce possible? Le même soleil et les mêmes arbres?

— Laissez tout cela en paix, disaient-ils, ceux-là à qui, par faiblesse, par trop-plein, elle racontait en quelques mots, trois fois rien, ce qui la poussait à rechercher la nuit, à s'enfoncer dans l'ombre, parce que le poids lui semblait énorme, parce qu'elle voulait ainsi se décharger un peu de ce qui devenait une manière d'exister, de se donner de l'importance.

— Laissez tout cela en paix, vous n'en tirerez rien de bon.

— Rien de bon, mais pour qui?

— Pour vous, pour tout le monde. Soyez simple, calmez-vous. Vous n'êtes pas simple, vous n'êtes pas calme.

(il n'y a pas de narration possible, j'irai

me noyer dans le massacre de la grammaire)

Et, allongée sur son lit, dans sa chambre de bonne où elle ranimait le feu, y compris la nuit, elle regardait le ciel, puis les photos, puis le ciel, puis le noir. Elle regardait le noir des heures durant, les deux mains nouées sur son ventre, saoule.

(je rêve que des femmes meurent à cause de l'alcool. A mes pieds, sur un trottoir, dans le caniveau, l'une d'elles la peau blanche, morte d'avoir trop bu)

Pour, plus tard, aujourd'hui, scruter les photos dans l'infâme gourbi, emportées sans autre raison que celle de percer un mytère inexistant, ses photos d'elle à tout âge. (qui est-ce ? Un corbeau. Et là ?) Là, elle ne savait quoi (je suis un monstre marin, *what is this unlucking life ?*), la confusion atteignant son apogée. Le voile avait cédé. Pas après pas, Hortense sombrait dans l'hébétude douloureuse de la découverte d'une horreur trop grande. Et c'était donc pour cela que, couchée derrière les volets, le soleil encore vivant dans les plis des eucalyptus, elle avait mis entre elle et lui, entre eux et elle, tous ces paquets de flotte, l'océan, les mains de Sam manquant à sa cambrure interne, ses mains à lui, pour ramasser ses petits tas de questions et d'angoisses qui venaient gesticuler sur le sol, ses questions qui depuis des années s'étaient agglutinées dans le fond de son cerveau et qu'elle distillait avec fracas dans ses conversations avec lui :

— C'est étrange tout de même Sam, qu'il y ait tant de gens aujourd'hui qui fassent des cauchemars dessus ? Des gens qui n'ont rien à voir avec ça.

— Dès qu'on en parle, les gens te disent combien ça les travaille. Ils disent « plus jamais ça ». Mais *ça* se produit partout.

— Qu'est-ce que tu veux dire ?

— Le monde continue de tourner comme si *ça* n'avait pas eu lieu. Alors qu'à cause de *ça* on ne peut plus croire en l'homme comme avant. On ne peut plus aimer comme avant puisque les rapports humains d'autrefois ont été totalement bouleversés par ce qui s'est passé là-bas, à Auschwitz. Les mères ont tué de leurs propres mains les enfants qu'elles aimaient. Je prends cela comme un exemple, mais je prends cet exemple car le lien mère-enfant est sans doute celui qui paraît *a priori* le plus solide. Eh bien, même ce lien a été bafoué. Cela ne concerne pas seulement les Juifs, les Tziganes ou certaines personnes comme toi qui sont liées à tout ça à cause de leur histoire personnelle, non, cela concerne tout le monde.

— Les gens ont du mal à entendre ça.

— Ils ne se rendent pas compte qu'ils doivent inventer une nouvelle façon de vivre à partir de là, qu'ils doivent sortir de la stupéfaction de l'horreur.

— Mais le langage peut-il seulement quelque chose pour nous, ceux de l'*après*?

Couchée le matin, puis à l'heure du déjeuner, et le soir encore, couchée, les plis des mains scrutées jusqu'au ravissement, (quelles mains pour quels meurtres, Samuel, nous ne te connaissions pas encore), elle appuyait l'index sur sa fontanelle ancienne, cette fente du crâne d'où s'échapperait l'encre noire du cerveau, comme les poulpes au moment de fuir.

Elle explosait en crédits, comptes hémorragiques, dépensait sans compter chaque goutte de ses nerfs. Elle était là sans être là, un mètre soixante-douze, les omoplates caressées par ses propres mains. Elle ne comprenait plus comment, aux autres, il eût fallu offrir les omoplates, ce trouble inouï, là où les ailes des anges que nous étions avaient été tranchées. Elle était là sans être là la belle Hortense, avec ses pauvres mots, tous réunis ensemble dans une unique salle d'attente, espérant la médecine d'on ne savait quel sens.

34

allons, nos jupes bleu marine lustrées,
admirablement lustrées, au point que jamais
depuis lors nous n'avions retrouvé ce bril-
lant, magique presque, nos jupes bleu marine
lustrées battaient nos genoux — fatigués déjà
— sur le chemin du retour, juste avant de re-
trouver l'appui du soir, la voix qui aboyait et
l'autre, celle qui nous regardait lorsque nous
fûmes couchée autrefois, à plat ventre, sans
la possibilité de marcher ni de lever la tête,
encore moins d'envisager s'asseoir, celle qui
nous regardait de son visage énorme dans
lequel nous cherchions, presque désespérée,
un soupçon de tendresse, pour finalement,
trente ans plus tard, nous enticher de nos
propres verrues

Ses petites verrues qu'avec une lame de
rasoir, Hortense torturait amoureusement
tous les jours, abandonnée dans le hamac
qu'elle animait par de légers mouvements
d'avant en arrière, raclant miette après
miette les boursouflures de ces excroissances ridicules (chère Maman). Roulaient
au loin les voitures militaires remplies
d'estomacs qui digéraient lentement les
huevos y frijoles du soir, tout comme, autrefois, derrière ses yeux passaient :
les camions de l'immense camp militaire
de campagne dont nous avions, seule, la res-

ponsabilité. Le garage nous servait de QG, les maréchaux défilaient les uns après les autres, inquiets du moindre battement de nos cils, de la moindre grimace de nos joues. Et les chatons écorchés vifs avec la terreur du plaisir éprouvé

Cher Samuel,
Le soleil a chauffé toute la journée — stop — Je nage dans l'idiotie merveilleuse — stop — J'ignore la date de mon retour — stop —.
Hortense.

Il s'agit d'un faisceau de cinquante millions de fibres nerveuses, d'abord. Et le reste. Il n'y a pas d'ordre, il n'y a ni début, ni milieu, ni fin, ni conjugaison, ni mode, il n'y a pas de chronologie parce qu'il n'y a pas de temps linéaire. Seulement la terre humide qui nous recouvre peu à peu.

Il y eut Hortense couchée avec un homme entre ses cuisses cathédrales qui respirait dans sa nef son angoisse à l'idée de lâcher des pets. Comment les retenir dans cette situation ? Elle ne savait pas. Non plus les mots lorsqu'à douze ans, dans un chalet de montagne, Séverine une amie du même âge vint s'asseoir sur son visage pour quelque flatulence. Hortense n'avait rien dit.

Au fond, de quoi s'agissait-il exactement ? Du meurtre de soi-même ? Non, ce n'était pas cela. Nous savons bien que ce n'était

36

pas cela. Un mètre soixante-douze, c'était peut-être cela, et les yeux beiges, les yeux trempés, les grands yeux beiges épuisés de nerfs et mouillés à l'eau de source, du cortex. Lisses et mouillés. Oh combien nerveux. Il s'agissait d'un faisceau de cinquante millions de fibres nerveuses. Et quoi d'autre?

Ondes marines dans mon ventre, Papa, qui m'ont poussée à traverser les mers. Je voudrais te parler de Bertolt Brecht, c'est un Allemand, un de ceux que tu ne connais pas. C'est lorsqu'on a pardonné à ses parents que l'on commence de grandir, écrit-il. Tu m'as fait grandir Papa, je suis passée de l'autre côté du mur, j'ai traversé les océans pour regarder le monde d'un autre angle, loin derrière l'azur, par-dessus l'horizon.

La corde droite du hamac s'était usée contre le clou. Elle ne tiendrait pas quinze jours. Mais était-ce le hamac qui la retenait là, dans l'infâme gourbi, à quelques rues de la place principale, où une grand-messe avait été célébrée le matin même, en mémoire des défunts de l'automne dernier, quand les escadrons de la mort avaient encore raflé quelques douzaines de paysans qui refusaient de *collaborer*, plus les dix d'hier et tous les autres? Six d'entre eux avaient été empalés sur cette même place un an auparavant, si bien qu'en raison de cette tension particulière de la ville, elle s'était rendue dans le cinéma où se donnaient les films à l'armoricaine, seulement des films de guerre, où les héros arboraient des mitraillettes géantes, exactement les mêmes que celles des jeunes garçons qui n'étaient pas tout à fait des hommes, et qui s'étaient engagés dans la guerre pour la justice des *huevos* et la liberté des *frijoles*.

— Revenez me voir quand vous voudrez savoir...

Et « nous sommes revenus, Monsieur le capitaine », dans le gourbi, après avoir croisé de nouveau les trois sœurs en pantalon, mais le voile, *à quoi nous savions les reconnaître*, et qu'un chant militaire,

nous avions aussi cette folie de l'ordre issue des marches militaires, celles-là qui lacéraient nos oreilles de leur brutalité dans l'enfance tranquille

que les premières mesures d'un chant militaire, sur la place, eurent donné aux trois sœurs ce regard grave, mais quelle bonté dans leur visage, si loin des nôtres,

nos sœurs d'autrefois et catholiques, qui pour notre bien et par amour nous en firent de ces choses, nous qui, patiemment assise sur notre chaise, regardions pleine d'élans le visage de Rosa qui osait afficher une bouche rosée, quelques cils noircis, un fond de teint

38

orange. Nous fûmes si triste et si surprise un matin, à genoux, d'observer la soudaine liquéfaction de ces couleurs, qu'une éponge au savon avait d'un seul coup embrouillées. Derrière l'éponge nous avions vu la main, la sœur, l'amour. Les mots disaient cela. Et cette autre jeune fille, la rumeur le raconta, qui fut retenue plus d'une heure dans le petit bureau de sœur Marie-Thérèse parce que d'un morceau de tissu elle avait voulu recouvrir cette naissance de seins, pourquoi ? Oh, pas grand-chose, grandir un peu, imaginer le mettre, le défaire, le remettre, geste de femme — on dirait en avance — soutien-gorge d'enfant que ne masquait pas la chemise ajustée. Il était un peu tôt à leurs yeux pour grandir, chez les sœurs, par amour, on ne grandit jamais. Car c'est justement pour nous faire soi-disant grandir qu'elles nous imposaient de rester puériles. Plus tard, nous comprendrions que la lucidité — ce que plus tard nous appellerions grandir — la lucidité non, n'avait pas place ici. Encore plus tard, nous comprendrions qu'elle n'avait place nulle part.

Au départ, il nous fut difficile de naître. Et puis difficile de naître aujourd'hui. Encore plus difficile de mourir. Parce que c'était de cet homme-là et pour cette raison-là, mais pas seulement : d'elle aussi. Ce n'est plus très important. Longtemps après, ce n'est plus très important. Mais cela engendre des crimes dont les mobiles ne sont pas nôtres. Il y eut la haine de soi. On ne nous apprit pas à nous aimer. Parfois, tout se ratatinait en charpie. Il ne s'agissait pas d'une maladie. Il fut dit un temps qu'il s'agissait d'une maladie :

« Syndrome dit de Mekeless, du nom d'un médecin grec du XVIIIe siècle qui le découvrit avant d'en être atteint. Il vécut toute la fin de sa vie enfermé dans une cellule. Syndrome de Mekeless : hypertrophie de l'hémisphère droit qui provoque un double excès de sensibilité et d'énergie s'accompagnant d'hallucinations visuelles (particulièrement de forme géométrique). Le malade peut connaître deux types de crises : a) crise partielle : trouble ou perte du langage, confusion, b) crise vertigineuse comprenant des sensations de tomber, de flotter ou de vertiges rotatoires dans le sens horizontal ou vertical, qui le conduisent à une réclusion totale où il finit par sombrer dans la folie. Voir aussi : démence, épilepsie »

Chère Horsita,

Mes poumons me respirent. Je suis aveugle, les yeux crevés par ma propre laideur. Horsita, tes yeux à toi, trop clairs, trop fragiles, ma souveraine Horsita, mon adorable, je suis partie pour toi, c'est ici ma dernière lettre, oui, ma dernière tentative de te dire. Je me dois de t'expliquer, je me dois de m'expliquer à moi-même comment j'en fus un de ces matins à comprendre le mal, à m'en rendre complice de cette façon-là, à aller jusqu'au bout de ces questions qui m'imposaient de manière ahurissante le dilemme de comprendre et de condamner, de condamner et de comprendre.

Je te revois Horsita, oh ma peine, les bras écartelés, attachée près des arbres, tes cheveux mal peignés que les ronces agrippaient, le sang coagulé sur tes côtes fragiles, mon rire de diable qui te cinglait les yeux, tes yeux à demi fermés, dans l'ombre. Combien étions-nous à te marcher dessus, à frapper tes mains d'un roseau effilé, à brûler ta peau de nos cigarettes mal éteintes. Ton corps d'enfant-Jésus se tortillait dans l'espoir d'échapper. Je revois la fente de ce filet d'eau à tes côtés, ruisseau ouvert dans ce champ mouillé de blés mûrs. Nous avions dévasté les herbes, et quand tu as crié, c'est moi qui ai pris la pierre et t'en ai assommée. A ton réveil, par le crochet et tes deux mains liées, nous t'avons si longtemps traînée sur la route beige de cette terre du Sud. Jusqu'à l'évanouissement. Horsita, je t'ai laissée nue, couchée au fond du couloir, les sinus plein d'éther, et le ventre éraflé. Tes fesses souillées par l'épi de maïs que j'avais apporté.

J'ai vu ton faible souffle s'attarder dans tes côtes, et l'air était une musique.

Dans le fond du couloir, dans le noir, elle allait à la nuit vendre ses plaies ouvertes, les hommes la tenaient, quatre mains, quatre pieds... (et je n'étais pas ivre, non, je n'étais pas ivre)

— Trahir le traître est-il une trahison ? Trahir le traître est une trahison de soi-même, car on ne trahit jamais que soi-même, mais celui qui ne s'est pas trahi peut pourtant trahir l'homme en lui. Rudolf Hoess s'est-il trahi lui-même ? Il a trahi l'homme en lui. Qu'est-ce que l'homme ? Vous reprendrez bien un dernier gin, monsieur ? (tous traîtres ensemble, les trahisons subies et les trahisons commises)

— Qui est Rudolf Hoess ?

— Ah, vous ne savez pas, Monsieur, vous ne savez pas, mais il faut lire Monsieur, restez avec moi pour ce dernier gin, ici, oui... J'aime ce bar. Quelle heure est-il ?

— Plus de minuit.

Elle continuait de parler pendant que la main de l'inconnu caressait ses seins par-dessus le tissu, elle ne le regardait plus.

— Steyr, Krupp, Heinkel, IG Farben, Siemens, ces usines utilisaient les déportés des camps. Ils veulent nous faire oublier...

Il s'était immiscé à l'intérieur, juste sur la peau, lui massant énergiquement la poitrine (ah, ce beau mot de poitrine) après s'être glissé derrière elle, s'appuyant à ses fesses.

— et pourtant trahir celui qui trahit la notion même de l'homme est peut-être nuisible, car n'est-ce pas participer à son tour au saccage de la confiance ? Oui, encore un dernier gin, doucement vous me faites mal. « Je ne crois pas que les erreurs qu'on puisse commettre avec son pays soient plus graves que celles que l'on puisse commettre avec les gens qu'on aime », mais quand les unes s'ajoutent aux autres... Arrêtez, arrêtez, vous me faites mal...

Horsita, dans ces bars nocturnes aux tentures violettes et tristes, sombrait dans l'inconscience.

— Il faut lire Monsieur,

« En 1943, une détenue pouvait accoucher, mais l'enfant n'avait pas droit à la vie. L'aide soignante le plongeait dans la cuve à eau, puis le brûlait dans le four. *Hommes et Femmes à Auschwitz,* page 231. »

Elle ne pouvait plus se lever, hagarde, lisant avec son corps, dans un état fébrile que le thermomètre se refusait pourtant à indiquer, car il s'agissait d'une autre fièvre, de celles qui vous rendent incapable de tenir mentalement debout. (mais le langage peut-il seulement quelque chose pour nous, ceux de l'après ?)

« Une juive tchèque de vingt et un ans arrivée enceinte au camp y accoucha. Au bout de huit jours, Mengele lui fit savoir qu'elle serait emmenée le lendemain. Elle savait ce que cela signifiait. Quand la baraque fut plongée dans l'obscurité, une inconnue s'approcha de la désespérée, une seringue à la main. "Donne ça à ton enfant, c'est une forte dose de morphine, il mourra. — Je ne peux tout de même pas assassiner mon propre enfant! — Il le faut. Je suis médecin. Ton enfant n'est pas viable [...]. Toi, je dois te sauver, tu es jeune." Après deux heures de résistance, dit la jeune femme, j'étais si anéantie que je lui ai obéi. Mon bébé est mort lentement, très lentement, à côté de moi. Le lendemain, Mengele, averti de la mort de l'enfant, lui ordonna : "Bon, maintenant que tu as mis bas, tu vas aller travailler avec le prochain convoi." La jeune mère a survécu au camp. *Hommes et Femmes à Auschwitz,* page 232. »

Lire, vous lisez cela, et quels changements s'opèrent-ils en vous ? Hortense lisait, et quels changements s'opéraient-ils en elle ? Elle qui lisait cela parce qu'elle devait savoir ce que recouvrait le discours.

petit à petit le discours nous choqua. Mais pas tout de suite : lentement, doucement, les mots les uns après les autres vinrent implanter des images qu'un film plus tard rendit vraisemblables.

44

Jeudi 16 septembre 1984. Salle 30. Classe des premières A. Projection à 10 h 30 de Nuit et Brouillard *d'Alain Resnais.*

Allons! Que de fragilités, de questions innommables dont nous fûmes torturés.

A treize ans, (sans rire), nous entrâmes en classe d'allemand un matin souriant et criant : Heil Hitler!

Ah non! Point encore de ces histoires passées, est-ce donc cela que nous ne pourrions taire, de ces sempiternelles choses rabâchées — comme si tout cela était de l'ordre du passé, comme si ces temps d'autrefois ne se conjuguaient pas dans le présent du nôtre! Mais non, ce n'est pas cela, pas exactement cela car il était aussi torse nu, hilare, une perruque rousse aux cheveux débordants lui masquant le visage et chantant : Heil Hitler! Pour rire! Nous connûmes le rire autour de cela. (cher Papa)

Il faudra pouvoir entendre, nous irons chercher dans chaque recoin de la conscience, jusqu'à la déraison

Si loin de nos sœurs à nous, pensait-elle, dans l'infâme gourbi en regardant les photos dans le soleil, puis la bassine jaune, posée sur la terrasse qui dominait la ville, les arbres se découpant dans les vapeurs de l'aube. En bas, le premier cul-de-jatte attendait son aumône. Une sébile à ses côtés. Le corps tordu, écartelé par son excès de capacité à éprouver le monde (syndrome dit de Mekeless), Hortense pleurait face à la réalité des brocs et de la bassine, à la présence tangible et douloureuse de ces trois objets posés là, dans le matin, sur les tesselles ébréchées, qui dans leur toute-puissance à exister, à être au monde, se découpaient dans la beauté soudain insupportable du paysage, des arbres tous présents eux aussi, solennels et irréversibles. (sentir jusqu'à l'extrême les trois brocs bleus sur le muret et la bassine jaune dont le linge à étendre déborde, humide, le bruissement des feuilles par-dessus les maisons, le ciel lourd, mes seins écrasés sur la pierre, mes yeux brûlants, il y aura un jour la terre humide atroce que, dans leur océan de substance, ni la bassine ni les brocs ne sauront jamais. Comment être aussi fatalement vivante qu'un pot de chambre?) *quel est le plus grave? Ils nous ont appris. Ils ont menti*

Fallait-il rentrer pour Noël, en mémoire de cet autre Noël dont elle tenait entre ses mains l'effroyable cadeau :

Chère Hortense,

Suivaient les milliers de caractères d'imprimerie qui dansaient nerveusement derrière ses paupières. Allongée sur un spécimen préhistorique de transat, Hortense

46

avait fermé les yeux pour ne plus rien voir. (je vois ma peau de l'intérieur. Le seul endroit où l'on puisse voir derrière la peau. Et c'est noir. Je ne peux pas embrasser le paysage, les montagnes. Cette souffrance... J'ouvre les yeux et ma paupière droite se soulève avec difficulté, oh petite paresseuse...)

« Un jour où il [le poison] manquait complètement, la mère a étranglé son bébé. C'était une Polonaise, une bonne mère aimant par-dessus tout les enfants. Elle en avait trois chez elle, tout jeunes, pour qui elle voulait vivre. *Hommes et Femmes à Auschwitz,* page 232. »

(Je devais lire, je devais lire cela) les milliers de pages qu'elle n'était pas obligée de lire, que personne ne s'oblige à lire. Et pourtant, les liront-ils enfin, tous ceux qui ignorent ce que fut cette histoire, qui ne l'ont pas vécue mais la portent dans le noir, si nombreux.

(c'est une construction très stalinienne où l'on descend en profondeur comme dans un garage. En bas, tout le monde fait la guerre. Nous rentrons dans une piscine. J'ai été sélectionnée pour être gazée. C'est une piscine où seuls restent les gens qui vont être gazés. Sur les gradins, certains regardent, comme à un spectacle. La piscine se remplit de sable blanc, juste avant que les gaz ne soient lâchés. Je réussis à m'enfuir et viens m'asseoir sur les gradins *comme si* de rien n'était. Je me retrouve à côté du bourreau dont je pense qu'il fait *comme si* de rien n'était. Les gaz sont lâchés. Les corps se recouvrent d'énormes taches sombres comme des taches d'encre qui les tuent. Je regarde. Je regarde sur une photo une jeune fille qui me ressemble enfant. Elle bouge. C'est la seule survivante de tout le massacre avec moi et le bourreau qui devait lui aussi être gazé. Nous discutons tous les trois des années après :

— Comment t'appelles-tu ?

— Mémoire, me répond la jeune fille)

Si loin de nos sœurs à nous, pensait-elle, dans l'infâme gourbi dont il lui faudrait descendre pour demander un bol de café, cette eau bouillie noirâtre qui faisait bon dans la gorge parce que chaude. Elle attendrait encore un jour peut-être pour rentrer. Dix jours, trois mois...

Il lui faudrait la force de reprendre le métro mais les wagons faisaient souvenir d'autres wagons, et pourtant bouger, ne pas rester couchée, aller s'enquérir dans les bibliothèques des preuves nécessaires, reparcourir l'histoire en sens inverse, jusqu'à tomber sur l'article, la trace qui viendrait, lumineuse, irradiant de douleur.

Et cependant elle attendait. Buvant. Seulement cela. Buvant la nuit, les cuisses ouvertes à n'importe qui, tournée vers la brutalité de préférence.

Horsita se tenait recroquevillée dans un coin. Hortense lui crachait dessus quand elle daignait la voir.

(j'ai vu ton faible souffle s'attarder dans tes côtes et l'air était une musique)

Elle téléphonait à François, presque toutes les semaines :

— Avez-vous les preuves ?

— J'ai énormément de travail, je n'ai pas encore eu le temps de m'y rendre.

François, cet oncle lointain et par alliance qui avait su lui dire, alors qu'ils étaient déjà à déjeuner en tête à tête, qui avait dit :

— Revenez me voir quand vous voudrez savoir.

Ici, il n'y avait pas de métro. Mais de petits lézards qui restaient soudain figés à son approche, aussi soudainement figés que les blattes surprises en pleine nuit par la lumière de nos villes électriques. Deux jours auparavant, elle s'était réveillée d'un seul coup dans l'angoisse, animée par la certitude d'une présence étrangère dans la chambre. Le mille-pattes s'était immobilisé aussitôt la lampe allumée. Elle l'avait alors écrasé avec une violence de foudre. A coups de chaussures, contre le mur, et de toutes ses forces. Restaient sur la chaux blanche les preuves et la honte du carnage.

Et maintenant, elle s'était avancée vers le mur qui était tiède. La neutralité de ce contact la soulageait comme la sensation d'effleurer enfin quelque chose qui ne lui aurait pas été hostile. Mais bienfaisant. Presque tendre.

nos petits bras affamés accueillaient le tensiomètre des médecins avec avidité. Leurs doigts sur la peau nue, cette légère pression sans intention révélait le gouffre ahurissant du manque dans lequel l'absence de tendresse physique nous laissait. L'ordonnance dans la poche, nous descendions les marches une à une, les dents serrées pour retenir l'eau salée des chagrins.

Il fallut enfreindre le silence des cloportes, enfreindre la loi du silence des cloportes dont nous fûmes, archaïquement. Nous étions de ceux qui doivent crever. Nous vîmes un été des cohortes de limaces dans les montagnes des Cévennes. Elles sortent en masse après la pluie. Nous ne les avions pas trouvées répugnantes. Quelqu'un dit :

— C'est répugnant.

Nous avions dit :

— Oui, elles sont répugnantes...

C'était cela que nous avions appris : le mensonge. Avec tant d'innocence.

Nous étions aussi, faut-il le préciser, sur les bords de mer ébrouant nos cinq ans dans la vase, avant que ne viennent les méduses couvrir les plages, puis juchée sur un banc en Irlande pour un premier baiser, et au pied du sapin dans les boules de Noël. Il y aurait plus tard un autre Noël

Ondes marines dans mon ventre Papa, qui m'ont poussée à traverser les mers. Je pense à toutes ces jeunes filles juives violées pendant la guerre. Est-ce que tu as songé à toutes ces femmes, autrefois ? Et comprendras-tu, est-ce que tu peux comprendre cela, si je te dis que quarante-cinq ans plus tard c'est à cause de cette guerre que je me suis fait violer ? Mais qui nomme le viol, Papa, soi ou la société ? C'était un après-midi, imagine-moi, tu sais comment je suis, (sais-tu comment je suis), te souviens-tu de moi à dix-sept ans ? C'était il y a longtemps, n'est-ce pas ? Pense à moi en train de crier. Il y aurait pu en avoir des pères (s'ils étaient revenus) pour s'émouvoir après la guerre du viol de leur fille (si elles étaient revenues). Mais ils ne sont pas revenus, ni les uns, ni les autres. Tu n'es pas responsable de cela, mais ce sont aussi des hommes comme toi qui ont permis que cela se passe. Alors je te demande : pourquoi ? Se pourrait-il un jour, que nous nous promenions ensemble dans un jardin sans qu'il y ait les cadavres de six millions de Juifs entre nous ?

Car ils furent nombreux les fantômes de Sigmaringen (le fascinant château de Sig-

51

maringen) mais plus nombreux encore les fantômes des camps, six millions de gueux en chiffons qui lui grimpaient le long de la moelle épinière. Parce que cela devenait *sa* faute, cette faute spinale et irrémissible.

— « Car les juges seront jugés par coupables et innocents... »

Elle entendait encore dans le fond du tympan les vers de Brasillach que son père déclinait.

— « Car les juges seront jugés par coupables et innocents... »

— Samuel, je crois que je me retrouve dans cette situation particulière où j'ai le droit de juger mon propre père, le droit de juger ses actes et ses discours. C'est même presque un devoir puisque j'en suis venue à me sentir coupable d'avoir aimé mon père.

— Oui, c'est peut-être même une nécessité pour toi. Mais ce n'est pas le problème de ton père qui est essentiel. Son parcours, et lui-même, ne sont pas très importants, par contre les questions que cela a suscitées en toi le sont. Cruciales même.

— Parfois je me demande si tout cela est bien vrai, si je n'ai pas rêvé tout ça. On se construit tous une histoire à laquelle on finit par croire. Cela s'est peut-être passé comme ça, mais sans doute pas tout à fait. Il y a sûrement eu dans son histoire une part de réalités objectives que la mémoire ne peut pas rendre.

— Mais ce n'est pas très grave. Tu n'es pas prisonnière de son passé mais bien de celui d'une société tout entière. Comme chacun d'entre nous. C'est pour ça que l'histoire de ton père est pour toi presque une chance.

— « Car les juges seront jugés... »

Seule devant le miroir ovale, elle observait cet œil — le sien — qui la dévisageait juché sur les dix centimètres des talons de son mépris. La méchanceté de ce regard se disloquait dans le grotesque de sa pause.

(quand ils sont venus pour me juger j'ai ri. Je n'ai jamais rien éprouvé d'aussi dur sur moi-même. Était-ce cela mon tribunal, le visage de cette pauvre femme frustrée ? Sa misère me jaugeait, j'ai bien reconnu cela, un regard froid comme le métal et qui souffre en amont d'une frustration incandescente)

A quel moment supporte-t-on de constater le dérisoire de nos intimes tribunaux ? Hortense n'était pas prête. L'Histoire était donc ainsi faite qu'elle était née d'un homme qui avait choisi le mauvais côté des choses. Il eût pu en être autrement. Le hasard est qu'il en fut ainsi.

(si je suis née, c'est donc que la justice n'a

pas été appliquée. C'est là le fondement objectif de mon existence. Si le pardon ne sert que les bourreaux, est-ce une raison pour craindre d'avoir ce courage-là ?)

Chère Horsita,

C'est une liberté si triste que la mienne. Je ne supportais pas le mensonge, et je bénis en toi la patience, nous qui fûmes condamnées à tant de nudité. Collines vertes que tu as tant aimées, collines vertes arrosées par la brume, ton sang, à genoux dans les champs, l'horizon pour abîme tu as prié la terre quand je m'essayais à embrasser le monde de mes petits bras écartelés. Je te rendrai les collines de Bourgogne, je te rendrai ce qui me fut tant de fois pris.

— Il ne faut pas oublier ce que disait Rouget de Lisle : « Les trônes s'écroulent, les monarchies agonisent, les dictatures tombent, seule la patrie demeure. »

— Papa, papa est-ce que tu as pensé à mon dictionnaire ?

— Oui, il est dans mon bureau. J'ai eu du mal à choisir.

Et la définition du mot fasciste (il prononçait *fassiste*) dans chacun d'entre eux, l'avait finalement décidé pour Larousse.

déferler, interlope, feux grégeois, absolu, ferrugineux, torréfier, sphinges, rets, aqueuse, atlantide...

le picvert nous réveillait à l'aube. Sans

attendre, nous dévalions l'escalier de bois dans la chaleur d'août espérant la fraîcheur, en bas, quand nos corps se laveraient dans le fleuve. C'était très beau cela. Nous fûmes debout au bord des rivières dans l'éclat du matin. Aucun d'entre nous ne savait nager. Il y avait Frédéric le magnifique que nous embrassions de nos joues en les frottant aux siennes. Il possédait une trompette en plastique rouge. Pour la première fois, à douze ans, son père lui demanda :

— Ça va fiston ?

Stupéfait, il nous le raconta :

— Tiens, touche, j'ai les mains froides comme un mort.

Nous l'entendîmes à la sieste demander face au livre d'images :

— C'est un bateau ?

— Non, c'est un yacht.

— Comment ça s'écrit yacht ?

— Tu as raison, c'est un bateau.

Avec lui nous saurions partager les plaisirs des dictionnaires, ceux des fous rires à l'église où le prêtre expédiait la messe, pressé qu'il semblait être d'en finir avec nous. La Vierge avait une robe bleue et froide.

Pour découvrir les livres des femmes, il approcha Céline. Il lui sembla que la littérature féminine fût virile.

Nous rêvions un jour débarquer en pirogue

dans un village lointain, dormir au milieu
des cochons sous la lampe à pétrole. Plus
tard nous le fîmes

Elle s'était avancée vers le mur qui était tiède. Sa main pendait le long du corps, son pied droit effleura les feuilles éparpillées au sol :

Chère Hortense,

Les lacets de ses chaussures anciennement immaculées reposaient sur les pierres. Il y avait deux livres en équilibre sur la bassine. Elle sentit encore une fois l'essaim des nerfs se contracter en systole, puis lâcher prise d'un seul coup.

— cette enfant est nerveuse,
disait Maman. Et c'est pourtant calme
ment que nous avions dessiné sur le mur de
notre chambre la ligne du temps, où, aidée de
notre dictionnaire, nous avions ponctué de
petites étoiles de couleur la création de la
terre, les glaciations, etc., puis regardions,
stupéfaite, l'apparition de l'homme qui
n'occupait sur le mur que l'espace d'une
plinthe ténue.
Mais parfois, oui, la nervosité frémissante,
et la conscience assez rapide qu'il y avait
dans la vie de petites pointures et de gros
poissons, que les hommes avaient des tétons
qui ne servaient à rien, comme les cochons

avait dit le professeur, l'imbécile, les gens le visage de leur cul ou l'inverse, en un sens qu'il ne fallait négliger d'observer ni l'un ni l'autre. Nous étions aussi un petit marcassin égaré. Voilà ce que nous fûmes, ce que nous étions. Et capable d'être troublée par nos propres sourcils découvrant le génie de ce rempart fragile contre la pluie. Les deux rasés plus tard avec brutalité, par Hortense et par nos soins

Il y aurait peut-être ce coin par-derrière le fleuve où se rendre, parce que Sam l'avait dit à l'aube du voyage (je pars pour un voyage dont j'ignore s'il est sans retour), ce coin qui fracturait l'esprit à force de beauté et qu'il eût fallu voir. (l'Histoire était trop grande pour être contenue dans la mienne) En se penchant par-dessus le muret qui barrait la terrasse, elle avait vu trois hommes échanger furtivement des objets qu'elle ne pouvait distinguer de son perchoir. Elle remarqua une femme, son absence tragique de seins. Et au loin, toujours, les vapeurs de la ville. La chemise qui collait, les deux doigts du Christ, levés, index et majeur, qu'elle glissait promptement dans son pantalon (jamais de jupe ici, jamais) pour atteindre la chiffonnade mouillée, retrouver la torsion de l'aine, le contentement du ventre. Pour enfin s'assoupir dans le sommeil :

(je suis internée de force à l'asile. On a découvert que j'étais la mère de quelqu'un de plus âgé que moi. Dans l'asile, je mets une blouse bleu pâle comme il y en a chez les coiffeurs. Tout est bleu, y compris les murs de ma cellule qui n'est rien d'autre qu'un étroit corridor en longueur. Il y a du soleil.

— C'était donc vrai ce qu'ils disaient, elle a eu des malheurs elle aussi ?

— Mais quels malheurs ? Ils ne lui appartiennent pas, ce ne sont pas les siens.

— Ils disaient vrai alors, des malheurs ? Je suis seule)

Levée après la sieste, elle avait fait cuire sur le réchaud à gaz des *frijoles* en se grattant la tempe au niveau des sourcils.

Le bien, il avait fallu partir pour le bien d'Horsita. Elle revoyait le couteau dans sa gaine de cuir noir, sur le rebord de la bibliothèque aux vitres transparentes. Il continuait de trôner là comme autrefois mais elle n'osait plus le regarder. Ni les soldats de plomb alignés sagement par centaines. Il faisait de plus en plus chaud, si chaud, si moite qu'il lui faudrait envisager de changer de chemise encore une fois. Et donc la lessive dans l'eau brunâtre. A venir. Prendre l'avion enfin. Mais pour retrouver quoi ? Ou qui ? Laisser Horsita retrouver Samuel.

— Je crois, Hortense, qu'il s'est installé une forme de schizophrénie générale. Parce que nous portons les traces des crimes qui ont été commis, nous portons tous inconsciemment cette mémoire, parce que nous faisons tous partie de l'espèce humaine, celle qui n'a pas su empêcher Auschwitz. Ces crimes pour lesquels il a tout de même fallu inventer de nouveaux mots. Nous sommes les bourreaux et les victimes potentiels. Qui défendra le bien dans ce contexte ? On se le demande ! Qui arrêtera les bourreaux, quand le mal a l'apparence de la prospérité, quand nous éclabousse tous les jours la bonne santé du mal ? Qui défendra le bien, qui même le prêchera ? Le bien nécessite une formidable ambition, parce que c'est le bien qui est l'accident. Les Nazis ont tué l'idée du bien et du mal comme valeurs en elles-mêmes.

— Mais le bien est ennuyeux...

— Le bien est apparemment tellement moins fascinant, oui. C'est aussi pour cette raison qu'il demande une telle ambition.

— Quelle serait notre pensée sans Auschwitz, que serait cette société ?

— Sans Auschwitz nous n'aurions pas assisté à ce que certains nomment la perte de toutes les valeurs. Ce qui est faux d'ailleurs. Les valeurs ont été inversées, le mal a pris le visage de son contraire.

— Pourtant, la tendresse et le bien qui ont pris jusqu'ici certaines formes, en prendront fatalement d'autres.

— Oui, mais « toute confiance aujourd'hui est doublée d'une méfiance qui la consume ».

— Gagel Henri, vous connaissez ?
— De quel côté ?
— Du mauvais !
— C'est-à-dire ?
— Du mauvais, celui dont vous vous occupez.
— Non, cela ne me dit rien.
— Je vous en prie, vous est-il possible de chercher ?

— *« je te jure Adolf Hitler, Führer et chancelier du Grand Reich, fidélité et bravoure, je fais vœu d'obéir jusqu'à la mort à toi, et aux chefs par toi désignés. Que Dieu me soit en aide. » Sur leur boucle de ceinturon : « Mon honneur s'appelle fidélité. » Tel était donc le serment des SS...*

Et nous rêvions que Sœur Marie-Thérèse interrompît ce cours d'histoire avec un air sérieux pour nous conduire dans son étroit bureau qui jouxtait la chapelle :

— *Il faut que vous soyez très courageuse,*
parce que votre Papa a eu un accident.

Et il serait mort.

Mais non. Il nous fallut grandir, et ce pas
d'un seul coup, nous n'étions pas de ces
milieux aux drames spectaculaires. Chez
nous, il n'y avait ni gros mots, — ou si rares
et alors fulgurants — ni de ces actes qu'on dit
déraisonnables. Tout était ordre, apparence et
non-dit. Aussi fut-ce sans éclat aucun, foudre
dans la conscience, que surgit sur le bord de
la bibliothèque le couteau dans sa gaine de
cuir noir. Les jeunesses hitlériennes s'immis-
çaient dans nos plis : la croix gammée
incrustée sur le manche brillait sous nos
yeux stupéfaits : rouge, blanc, noir. La même,
et presque invisible, que nous découvrîmes
alors sur les brassards, les voitures bien ran-
gées derrière les vitres de la bibliothèque aux
soldats de plomb, verrouillée.

Nous apprîmes, année après année, quel-
que vocable étrange, nous apprîmes qu'il
existait des Juifs, d'autres qui étaient des sei-
gneurs. Nous étions de cette race, descendant
du bus, les pieds maculés de merde, au
milieu des pauvres, des moins que rien, des
gueux. La bonne marocaine fut méprisée par
nous, d'ailleurs ce n'était pas exactement
cela, mais plutôt l'évidence qu'elle nous fût
inférieure. Nous étions satisfaite, avec les

dominants. Mais Horsita souffrait. Cela
dérangeait l'ordre, l'apparence, le non-dit

Mon Horsita,

Il n'y a pas de loi, il n'existe aucune loi, il n'y a pas de punition et c'est cela même l'enfer, cette absence de punition. Te souviens-tu lorsque le tribunal nous convoquait chaque jour de la vie? Te souviens-tu quand la culpabilité nous travaillait les os, rongeait jusqu'à la chair? Alors qu'il fut doux ce temps d'horreur, parce qu'il y avait encore le bien et le mal. Te souviens-tu, Horsita, comme il fut doux le temps du tribunal, comme il fut simple ce temps de la culpabilité? Alors, j'étais humaine, alors je comprenais la loi, le langage et les autres, alors je savais la faute, je pouvais rêver au pardon, à la piété, à la grâce, alors mes crimes occupaient mon ennui, mais il n'y a plus rien de tout cela, les digues puissantes de la culpabilité ont cédé sous le poids de tant de mensonges. Je ne suis pas libre « mais un atome dans le noir de la liberté absolue ». Il me reste ton sourire, tes cheveux bruns qui s'envolent dans ta course, toutes ces choses qui n'ont pas de prix, toutes ces choses qui sont par-delà le bien et le mal.

nous étions des seigneurs?

— Il faut faire la guerre, c'est passionnant la guerre! Cela reste, je crois, la meilleure époque de ma vie. Point à la ligne.

(cher Papa)

Guerre à quoi? Guerre à qui? Il n'aurait pu aller noyer ses enfants aux cabinets. Et

62

pourtant l'envie ne lui manqua pas, à elle.
Elle, gentille ? Non, complice.

En regardant les photos d'autrefois certains jours, nous voyant arborer une jolie
robe rose :

— Mais quelle fillette adorable ! Tu es sûre
que c'est toi ?

(chère Maman)

Il nous était impossible de répondre, les
mots étaient si maladroits. Comment lui en
vouloir, comment ne pas imaginer que c'était
nous qui avions cet esprit que l'on dit mal
tourné ?

Et lui, beaucoup plus tard :

— Tu es vraiment ma fille, je sais que tu es
quelqu'un. Maman ne s'en est toujours pas
rendu compte.

Délicieux. Mais nous rabâchons d'inutiles
requêtes. Nous le savons.

— Oui, tu es vraiment quelqu'un. Comme
moi qui me suis bâti tout seul, toi aussi tu te
bâtiras seule. Les Juifs se serrent les coudes,
moi je me suis bâti tout seul.

— Arrête, Papa.

— Allons Hortense, je crois que tu
manques encore un peu de maturité. Tu
comprendras plus tard ce que c'est que de
construire un capital.

— Tu peux imaginer tout de même qu'on
puisse ne pas avoir le même désir que toi.

— A certains moments je ne cherche plus à imaginer, je tire. C'est pour toi aussi que je me bats, tu sais.

Il se battait en effet, car déjà la ruine le gagnait, il perdait tout progressivement avec l'aveuglement d'un apprenti sorcier. Il ne comprenait pas que la partie, pour lui, était près d'être terminée, que son monde ne lui survivrait pas. Or, la mort travaillait

— L'histoire de ton père est pour toi presque une chance, oui. Finalement chaque fils, chaque fille d'Allemagne peut raisonnablement se demander ce qu'ont fait leur père et leur mère, ou leurs grands-parents sous le nazisme. C'est l'affaire d'une génération entière, et de toutes celles qui suivent.

— C'est l'affaire de tout un peuple.

— L'Allemagne est habitée par une culpabilité collective qui n'existe pas en France où la majorité s'est fabriqué une bonne conscience sur la minorité des résistants.

— Ce sont les autres les méchants.

— Oui, les Français peuvent ainsi faire l'économie d'un certain regard sur eux-mêmes et tout reste dans le non-dit. Tu as la chance d'avoir ce passé, cette histoire. Ton père te fait gagner du temps, tu n'as pas idée de cela, puisqu'il faudra, de toute façon, aborder tout cela un jour et de façon politique, au sens fort du terme j'entends.

— Mais, Sam, les discours, il continue de les tenir. Et te rends-tu compte de ce qu'ils recouvrent. Te rends-tu compte de ce qu'il leur a été fait ? Ils ont été gazés et brûlés par millions ! Te rends-tu compte de la vie d'un homme, cette masse d'émotion, d'événements uniques dont est faite la vie d'un homme ?

— Ça suffit Hortense, je t'en prie !

— Il faut réfléchir Samuel, il faut réfléchir à ce moment où l'Histoire s'est mise à nu jusqu'à dévoiler l'anus du monde.

— L'anus du monde, oui, disait un médecin nazi de Birkenau, Auschwitz est l'anus du monde, *Anus mundi*, tu as lu Hortense, tu as bien lu tous les livres, tu réfléchis, tu te crois un peu intelligente parce que sensible mais tu t'excites finalement comme les autres sur cette horreur qui a eu lieu là-bas, cela t'excite au point que tu envisages parfois de vouloir t'y rendre, d'aller y voir pour éprouver un peu de cette fascination pour l'horreur, cela t'excite, hein, comme t'excite le plaisir que tu prends lorsque je te tiens immobile avec mes mains et que je vais jusqu'au fond de ton cul, tu n'as pas vu ton regard alors, tu ignores ce regard bleu que tu me jettes en plein visage, est-ce que c'est

cela que tu aimes, Hortense, avoir un you-
pin au fond du cul? Il est juif, penses-tu, et
cela me donne à tes yeux une caution
morale, presque innée, oui, une caution
morale innée. Je suis supposé être quelqu'un à part, mais je ne suis pas à part, Hortense, ni moral, ni gentil, tu crois ça toi, et
toi aussi tu aimerais bien parfois être un
peu juive, un peu juive, hein, tu aimerais
cela maintenant, mais tu as honte, tu as
honte parce que ce serait jouir du bénéfice
de souffrances que tu n'as pas endurées,
alors tu te rattrapes un peu avec ton papa,
cela te permet d'avoir droit à un tas de souffrances raisonnable, et donc à un bénéfice
raisonnable mais incomparable, certes
incomparable à celui auquel a droit un Juif,
n'est-ce pas?

*nous apprîmes qu'il existait des Juifs,
d'autres qui étaient des seigneurs. Nous
étions de cette race*

Tu l'as bien regardée ma gueule de Juif,
tu l'as sentie ma pine de circoncis, tu as
envie de jouir toi aussi!

— *j'ai été circoncis, oui, oui, en fait on ne
s'appelle pas Gagel, ha, ha, ha, circoncis pour
des raisons d'hygiène, c'est drôle tiens, d'ailleurs, qu'ils ne s'en soient pas aperçus pendant la guerre, lorsque je passais les visites
médicales. Ils ont dû voir que cela avait été*

fait proprement, que ce n'était pas fait
comme les Juifs, de façon sauvage.

— *Tu as été circoncis, toi, Papa ?*

— *Sais-tu que certains petits garçons...*

— *Décalottent mal ?*

— *Oui, ha, ha ha, Hortense, c'est tordant,*
n'est-ce pas ? Vraiment tordant ? Un Gagel
circoncis !

Je ne suis pas juif, Hortense, oui, je suis
juif, mais je ne veux pas que tu me limites à
cela, comprends-tu ? Contrairement à ce qui
te fut appris, et que tu reproduis sans même
t'en rendre compte, il n'existe pas de Juif ou
de non-Juif, il existe des êtres humains à
qui l'on imposa au cours de l'Histoire
d'endosser ce mot de Juif, mais en quoi
sont-ils différents des autres ? La haine du
Juif, comme la croyance en sa supérieure
différence, relève de la même mise à l'écart,
relève finalement du même antisémitisme.
La vérité ne vient pas des Juifs en particulier, ni la morale. Les Juifs ont seulement
le courage d'énoncer que nous venons du
con d'une femme puisque la judéité se
transmet par la mère.

(comment l'as-tu pinée ta femme, Papa ?
C'était bon, Maman ?)

Il y a un Juif en moi comme on peut dire
qu'il y a un Juif en toi, que l'on peut sans
doute nommer Juif celui qui en chacun de

nous fut frappé de stupeur et d'incompréhension devant le mal. Alors, réfléchis Hortense, si tu en as le désir, mais réfléchis avec les bonnes données au lieu de reproduire ce contre quoi tu crois illusoirement te battre. C'est parce que ton oncle François était juif que tu as commencé de lui faire confiance. C'est la première preuve de ton antisémitisme à toi.

— Revenez me voir quand vous voudrez savoir...

Et elle était revenue, oui, car elle avait encore les moyens d'être légère, pour retrouver cet oncle lointain et par alliance. François s'était assis dans un coin sombre de la pièce. Un léger pet des entrailles d'Hortense l'avait mis mal à l'aise. Elle était devenue, avec l'âge, très libre face aux vents. Il souffrait d'un lupus depuis vingt ans déjà. Il ne lui avait rien dit de cela, du pourquoi et du comment cette étrange maladie s'était venue plaquer sur son visage. Ah, François ! Son petit nez aquilin, incrédule, et sa bouche dubitative en permanence, le désordre de ses dents en bataille.

— Revenez me voir quand vous voudrez savoir...

Elle l'attendait ce pire, comme un orgasme de vérité à venir, une sorte de jouissance effrénée qui viendrait soulager le doute de quinze ans derrière elle.

— Revenez me voir quand vous voudrez savoir...

Et quand il avait dit cela, avec la bienveillance humiliante du médecin qui introduit *sa* caméra dans *votre* anus, il n'avait été besoin à personne de préciser de quoi il s'agissait tant depuis le début, depuis ce temps où ils étaient à déjeuner ici ou là en tête à tête, où pour la première fois il lui avait semblé qu'une confiance se faisait jour, depuis le début oui, il lui avait été possible de partager ses questions, parce qu'avec lui, âgé de cinquante ans, avec lui, lui Juif, Roumain et Juif,

dans les années 80 le Reich était pour nous d'actualité. Hé oui, ce fut comme cela pour nous. De là qu'il nous fallut comprendre ce double décalage : d'avec lui, d'avec elle, cette société qui, à nous, n'offrait aucun écho. Car à qui parler de ce trouble, de cette dissociation naissante qui agitait nos humeurs, à qui parler de cette torture qui fut nôtre, celle d'aimer un homme — oui, nous aimions Papa — dont le discours était aux yeux des autres celui des monstres, celui de ceux qui, un jour, s'étaient trompés de camp. A qui parler ? Avec quelle jeunesse partager le souci d'une génération qui n'était pas la nôtre. Les

pères de nos petites amies étaient potentielle-
ment en âge d'être les fils du nôtre. Nous
avions à vingt ans les possibles questions de
ceux qui avaient eu trente ans deux décennies
plus tôt. C'est avec cela que nous nous débat-
tions, avec tout cela. De là que la solitude
nous fut très tôt une habitude

lui Juif, Roumain et Juif, et elle, eh bien,
elle qui n'était qu'elle-même avec cette histoire-là.

— Revenez me voir quand vous voudrez
savoir...

Et peut-être qu'à la veille de savoir,
d'affronter la vérité, elle avait espéré qu'elle
fut la plus ignoble possible, dans le soulagement vicieux de tant d'années passées à se
torturer, dans la jouissance radieuse de
n'avoir pas douté en vain,

Horsita je pars pour toi, mon Horsita, que t'ont-
ils fait ? Que t'ai-je fait ? Non, je ne voulais pas ta
mort, je vivrai pour toi, pour ce rien, pour cet
amour malade. Horsita, je ne crois plus à ces
choses mystérieuses et simples dont les hommes
ont soif, je ne crois plus à ces regards, il existe un
autre monde, la tête courbée, je te regarde vivre,
je vois tes yeux trop clairs, ma tendresse, tes yeux
trop fragiles. Horsita, pour toi je vivrai, pour tes
rires déments, ta troïka folle sur les routes ennei-
gées de ma petite Sibérie, ce froid lunaire qui
m'habite. Mais ton rire illumine mes glaces, je
t'aime, je renonce à tout, à toutes les soifs, parce

que c'est toi qui fais le sens. Horsita, je saurai te prendre dans mes bras et t'appeler par ton nom, et t'embrasser mille fois à la nuit pour que tu n'aies plus peur, mes mains qui t'ont torturée t'apprendront les mots doux, quels mots, Horsita, quels mots?

de n'avoir pas douté en vain, de lui, qui mettait des glaçons dans son Château-Laroque 89, ce qui la rendait proprement folle, lui qui n'avait pas d'amis mais des taches sur ses pulls aux couleurs acidulées parfaitement incongrues, lui qui apostrophait sa belle-famille les provoquant en les traitant ici ou là, qui de bonniche, qui de prol (pour prolétaire?). Et plus tard, ses cahiers d'écolière retrouvés, qu'il avait donc amoureusement gardés, et jusqu'à cette canine conservée par lui dans un mouchoir de coton. Et pourquoi tout cela?

— Je suis confiant, un jour tu comprendras, tu n'es pas tout à fait assez mûre mais un jour, toi aussi tu voteras comme moi. Quand tu auras compris ce que *posséder* veut dire.

— Papa, as-tu lu Samuel Beckett?

— Qui c'est celui-là?

— Il avait parié sur l'*être* et non pas sur l'*avoir*.

— Ah, si je m'étais davantage intéressé à l'argent! Samuel, quel est cet abruti? Encore un Juif! Ah, les Juifs! Est-ce que les

Juifs pourraient cesser de nous emmerder avec toutes leurs histoires. Ceux qui parlent aujourd'hui n'ont rien vécu.

— Mais toi, tu n'as pas vécu comme tout le monde.

— Si, j'ai vécu comme tout le monde, et cette guerre je la connais mieux que personne : j'en fus ! Assez de tous ces discours. Ils mentent, sais-tu comme ils mentent aujourd'hui. La vie du Juif traqué, je l'ai connue aussi.

— Tais-toi, tu ne peux pas dire cela, tu n'as pas le droit de dire cela.

— Tu n'étais pas là, tu ne sais pas de quoi tu parles. J'ai connu tout cela, toi, tu n'étais pas là.

Pas là non.

« Au cours du printemps de 1942, des centaines d'êtres humains ont trouvé la mort dans les chambres à gaz. La plupart n'avaient aucun soupçon, ils étaient en santé parfaite ; les arbres fruitiers qui entouraient la maison étaient en fleurs. Ce tableau où la vie côtoyait la mort est resté gravé dans ma mémoire. Rudolf Hoess, *Le commandant d'Auschwitz parle*, page 205. »

(non je n'étais pas là Papa, je n'espère plus, je cherche toujours)

il nous vint donc de ces discussions excessives qui s'opposaient au père. Mais ce n'était pas histoire d'adolescence, et c'est cela, entre autres, qui fut particulier. Quelque chose en nous s'opposait, non pas à son autorité, mais à un magma sourd, une force souterraine qui nous semblait nuisible. Barbarie de salon, machine de mort que portait le discours, mais qu'aucun acte pourtant ne venait vérifier. Nous ignorions alors que parler c'est agir. Plus tard, et ce fut là aussi le désordre de nos vies, il fut clair que notre simple histoire se mêlait à la grande. Dans les années 80, le Reich était pour nous d'actualité. Hé oui, ce fut comme cela pour nous.

Un jour, il n'eut même pas sept francs en liquide pour acheter son journal. Un vieux chien usé tout seul, il était un peu comme cela, mais il n'éprouvait pas la quiétude possible du vieux chien bien tranquille usé par la nuit. A ses côtés sa chienne. (c'était bon Maman ?)

Les années se déroulaient pour nous dans un certain silence chahuté par les cris. Les cris de lui, les regards d'elle, sa brutalité incontrôlée et malade (cette enfant me rendra folle) qui lui sortait de toutes ses mains — quand pour la dixième fois dans la nuit nous avions réclamé un baiser — pour venir s'abattre sur notre postérieur dénudé par ses soins, sur le dos, ou ailleurs. Peut-être que le visage fut épargné. Nous ne saurions nous en *souvenir. Nous n'étions pas, pourtant, de « ces enfants que l'on ramasse d'une gifle quand ils tombent ». Horsita souffrait. Elle traînait avec elle un maigre cadavre de poupée : rouge, blanc, noir. Nous savions encore l'entourer de nos bras, notre flanc contre le sien. Sur notre carnet bleu et rose, à la serrure minuscule et toujours refermée, nous écrivions : « Maman chérie, reste toujours », et d'autres mots d'amour inconsidérés et considérables. Nous le savons, nous les avons relus depuis*

Chère Hortense,
J'ai donc reçu ta lettre. C'est une très belle lettre d'amour. J'avais retrouvé un carnet vert, il y a quelques années, qui contenait mon journal pendant la guerre lorsque j'avais vingt ans. Le papier en était usé et mon écriture difficilement lisible. J'ai donc, à l'époque, tapé à la machine l'ensemble du texte, puis j'ai égaré le carnet dans les déménagements. En raison de ta lettre, je me suis décidé à t'offrir la photocopie de ces feuilles comme cadeau de Noël. Je l'avais tapé sur papier bleu, comme Colette la grande écrivait ses romans. Joyeux Noël donc à toi que j'aime, toi qui ne sauras jamais à quel point. Avant que tu ne commences,

Nous avons entendu ce matin Hitler parler à la radio. C'est absolument extraordinaire. Cet homme hurle, je ne comprends pas un mot, mais il est fascinant, envoûtant à écouter. Je suis à Saint-Cloud chez papa et maman où j'ai passé l'après-midi avec mon camarade de classe Jacques et son père Hubert. Sa seconde femme était également présente. C'est son ancienne secrétaire. Elle semble être une grande dame bien que dactylo de son métier. Nous sommes partis chasser à courre, puis nous promener en forêt. Enfin, nous avons été voir les écuries et les chenils. Hubert m'a dit au moment de partir : tu vois, Henri, c'est un monde qui va disparaître. L'Histoire lui donnera-t-elle raison ? C'est en rentrant ce soir que nous avons appris la déclaration de guerre de la France à l'Allemagne. Nous avons donc suivi la Pologne et l'Angleterre. Il faut toujours que nous soyons à la traîne. Je pense à mon frère, avec qui je déjeunais, fin août, dans le wagon-restaurant qui nous ramenait de sa villa en Avignon. Il est prudent de se nourrir, a-t-il dit, on ne sait pas de quoi demain sera fait. C'était peut-être prématuré mais il y avait sans doute un fond de vérité. Commence donc aujourd'hui l'aventure de la guerre. Je songe à m'engager mais je n'envisage pas la cavalerie. Les cavaliers dans l'armée montent à cheval comme des cochons. Je ne voudrais pas abîmer la qualité de ma main. Peut-être l'artillerie ? Nous verrons cela. La fidèle cuisinière, à notre service depuis vingt ans, nous a quittés du jour au lendemain. Est-ce la fin d'un royaume ?

C'est donc qu'il y avait eu un royaume. Hortense regardait les feuilles éparpillées sur le sol, au pied du transat. Ces feuilles qu'elle avait relues des dizaines de fois, car

— Vous êtes sûre que vous voulez savoir ?

lui avait demandé François.

Elle fit oui de la tête.

— Très bien, alors allons-y. Après la guerre, je fus chargé par le Centre de documentation juive contemporaine, le CDJC, de traduire une partie des documents laissés à Paris par les Allemands. A l'époque, j'ai gagné ma vie comme ça. Je parlais couramment l'allemand et ces traductions m'ont permis de poursuivre mes études. Quelle ironie, n'est-ce pas ?

à qui parler de cette difficulté que nous éprouvions à entendre revenir sans cesse dans les conversations le fameux « complot-judéo-maçonnique-mondial », cette mystérieuse expression qui semblait recouvrir l'action souterraine et immonde d'individus suffoquant sous le poids du vice. Comment dire notre malaise aux autres, et comment à Papa, lui faire comprendre que, Juive, nous nous sentions sensiblement le devenir. Ayant honte de cela. Non pas vis-à-vis de lui mais vis-à-vis d'eux, les Juifs. Oui, honte de cela.

Mais bien sûr ce n'était pas que cela. C'était aussi les croissants du dimanche matin, l'ennui anodin et simple des après-midi de congé, et tout le reste. Nous avions volé un peu dans le porte-monnaie de Maman, et prise sur le fait nous avions pourtant continué de nier, tant il nous semblait que dire la vérité entraînait des conséquences qu'il ne nous intéressait pas d'assumer. Nous jugions que nous avions ce droit.

A la nuit, les rideaux jaunes en tissu épais remuaient doucement, agités par la brise d'un printemps ou d'un automne. Nous attendions, terrifiée, que la fée Carabosse en sortît. Alors, nous n'osions plus prier, seulement murmurer, gémissant : Maman. Et c'était peut-être finalement prier car Maman c'était Dieu.

(quelle fillette adorable, tu es sûre que c'est toi?)

Notre viande assez lourde se posait sans culotte sur les chaises paillées laissant sur nos fesses nues d'admirables rigoles caressées jusqu'à disparition après qu'il nous était per-

77

mis de sortir de table. Nous mangions les
pétales des fleurs.

— Mazeltov! disait-il en riant. Nous répé-
tions bêtement. Si bien qu'il fut un garçon
sur le pont de Grenelle qui nous interrogea :

— On dirait que tu as vraiment un problème avec ta judéité. Pourquoi?

C'est drôle, nous n'avions rien dit; mais
observé notre nez dans le miroir à trois faces
du cabinet de toilette. Juive, nous ne l'étions
pas. Mais il fut soudain très clair qu'il avait
eu vingt ans en cette année 40. Ainsi, le doute
s'immisça, la question ne prit forme que
lettre après lettre, non pas d'un coup comme
une rage lumineuse, mais dans l'ombre,
semaine après semaine :

— Et toi Papa, qu'as-tu fait pendant la
guerre?

— J'ai vécu, comme tout le monde, ha, ha.

Et cela nous sembla insuffisant. Non pas
en soi bien sûr, tant nous savions que chacun, y compris dans des époques bruyantes,
ne fit pas autre chose, mais bien parce qu'il
conjuguait encore le verbe d'une croyance
barbare, le verbe de ceux qui avaient été vain-
cus. Comment lui, qui après tant d'années
persistait à prononcer les mots impronon-
çables, avait-il décliné cette langue au temps
où sa conjugaison était autorisée? Mieux,
encouragée. Oui, qu'avait-il donc fait pendant la guerre?

Mais nous allions dûment accompagnée une fois l'an dîner sur la terrasse à l'Hôtel de Lamastre où régnait la grande Amparita, autrefois espagnole et presque soixante-dix ans. Si belle que cela nous faisait souffrir. Alors, nous allions pleine d'élans réfugier notre peine dans les bras généreux de la serveuse candide, le nez pointu, le regard gai. Plus tard, nous aurions des serveuses, le désir de toucher leurs gros seins, d'imaginer mettre la main entre leurs cuisses chaudes, de fouler doucement du pied leurs chairs laiteuses. Un soir nous entendîmes une femme jouir dans sa chambre vers neuf heures

Comme elle avait entendu dans le matin clair les gémissements de truie qui s'échappaient de la terrasse d'à côté, à Baden-Baden, dans cet hôtel super luxe, après qu'elle avait dormi nue, dehors, à même le sol carrelé, ayant tourné la tête et découvert, à travers la vitre opaque qui séparait les deux balcons, les formes claires et mouvantes d'un monstre à deux têtes qui avait entamé une danse païenne (cette renaissance païenne, baignée de lumière de midi, qu'indistinctement j'attends).

Et que faire de cette jouissance en apprenant la vérité? Car elle avait ressenti une volupté malsaine à apprendre le pire. Comme si l'horreur de ce qu'elle découvrait fût pour elle un soulagement, parce que cela donnait du sens à sa difficulté de vivre autrefois, à cette autodestruction qui avait été la sienne. Mais n'était-ce pas la justification exemplaire de ses propres crimes, de son appétit pour le noir, pour tout ce qui eût été, autrement, défendu ? Est-ce qu'elle ne lui faisait pas porter finalement, ce qu'à son tour elle était incapable d'assumer pour son propre compte : sa soif d'humiliations. Où était la vérité ? Où se cachait-elle ? Est-ce que ne pas chercher la vérité eût été le cautionner lui et se tromper elle-même ?

Papa, je ne veux pas te pisser dessus, je n'irai pas cracher sur ta tombe ni pisser dessus. Peut-être que je ne mettrai aucune fleur. J'ai peur de ta mort comme d'un grand vide qui me laisserait sans identité. Car alors je n'aurai plus rien pour me complaire dans le malheur que je connais si bien. Derrière qui la blessure cachée se masquera-t-elle ? Quel os aurai-je à ronger ?

Comme avait joui la petite putain brune dans les bras d'Hortense qui restait sensuellement obsédée par ses seins caressés, son ventre à pleurer, la douceur des étoffes, de la peau, après que le corsage garance eut été dégrafé. Et la grimace torve de sa bouche lui cinglant le visage. Dans une baignoire ancienne, deux femmes l'avaient lavée avant de l'emporter sur une natte orientale. Après la pipe d'opium, elle avait refusé la salade de méduses mais accepté l'alcazaras de mescal. Deux bougies oscillaient dangereusement sur une table basse. (dans les bougeoirs, les bougies ne tiennent jamais) Un pot aux dessins chinois dégageait une forte odeur d'eucalyptus. Dans ces vapeurs d'amnios, elle retrouvait une chaleur qu'elle n'avait jamais connue.

dans le pot trop précieux nous avions planté le pétunia violet ; en notre absence, dépoté, puis jeté par ses soins. Oui, nous avions osé prendre le pot chinois dont les couleurs se mariaient avec celle de la fleur. Il ne restait dans la poubelle qu'une tige fanée que nous enterrâmes au fond d'une grande boîte d'allumettes dans le jardin public qui jouxtait notre immeuble. Le pétunia, né en avril, mort en mai, enterré en juin, deuil en septembre.

Horsita jouait devant nous en observant dans le silence une blatte aliénée. Cette blatte épileptique, notre désir de l'écraser.

Il vient un moment où ce n'est plus la peur de mourir qui nous abîme, mais la peur de tuer

Il faudra bien démonter la machine grammaticale, interrompre la fatale narration, dénicher cette bénédiction laïque, exploser, anéantir la malédiction dont il se faisait l'artisan remarquable. Cette façon qu'il avait de si *mal dire,* à propos de tout, du monde, de la vie, des êtres. Il faudra dire, dire non pour tuer mais pour se sauver.

« Le docteur Friedrich Entress, médecin de camp, attesta le 30 juillet 1945 à Gmünden que 2 millions à 2,5 millions de personnes avaient été tuées ; pressé de questions, il admit qu'il pouvait y en avoir eu 5 millions. *Hommes et Femmes à Auschwitz,* page 60. »

— Ne mets pas tes doigts sur les portes !

Il passait après nous une éponge à la main, et son pinceau luisant de peinture pour recouvrir les traces qu'avec nos phalangines nous avions laissées (oh le plaisir de souiller, souiller) avant de rejoindre la table où les convives patientaient sans mot dire :

— Tiens-toi droite, ne mets pas tes coudes sur la table !

Au repas de la Saint-Jean avec Samuel, Hortense s'était assise près d'une vieille femme, Blanche, qui était, cheveux gris, en chignon, comme de la soie, racontant sa vie après la guerre avec ses enfants, la difficulté de les élever seule.

— Et quelle avait été votre formation au départ ?

— Ravensbrück finish school.

Elle avait ri avec beauté.

Hortense s'était tue le reste du repas avant de hurler silencieusement, bouche ouverte à la sieste, sans un son, tapie dans un recoin de douche, se levant d'un bond pour projeter la masse de son corps sur les carreaux trop blancs, frapper la tête d'Horsita sur l'angle du placard, ouvrir la fenêtre d'un seul coup, la jugulaire tendue, le cou gonflé en fleuves. Dans le cerveau, cinquante millions de fibres nerveuses toutes allumées ensemble.

(je voudrais être fraîche)

— Allons, Hortense, ouvre cette porte, Blanche voudrait te dire au revoir.

— *ouvre cette porte immédiatement !*

Il frappait sur le bois, s'énervait contre la poignée. Comme nous devions alors finir prestement d'éclabousser le présent de cet instant d'absence : les deux doigts luisants.

La nuit dévote collée à la vitre abritait nos questions. Un soir nous entendîmes un son étrange, si fort dans la chambre du fond — la leur — à tel point que nous n'aurions su dire s'il s'agissait d'un rire ou des digues d'un chagrin qui cédait. Sur la table de nuit, le len-

demain matin, un épi de maïs recouvert de latex nous intrigua

Chère Horsita,

J'ai connu l'hémorragie permanente, je t'apprendrai le garrot extatique. J'ai besoin de toi. C'est un luxe Horsita, sais-tu, d'avoir besoin. Car ne plus avoir besoin c'est éprouver la solitude absolue. Je bénis ce besoin qui t'apprendra le désir.

Oh, ils voudraient qu'on leur parle du monde, mais qu'avons-nous à dire sur le monde ? Parler de toi c'est parler des besoins du monde. Horsita, avec mes pauvres clefs je cherchais la serrure d'une porte hypothétique sur un mur incertain. Il n'y a pas de porte, ni de mur, Horsita, il y a pire que le mur : le vide, la pleine mer, le grand large sans un son. Tout s'est finalement dissous si radicalement, mais toi, Horsita, toi, j'halète, je boirai les vins qu'il faut pour tenir, pour ne pas t'abandonner. Il y eut tant de honte endurée à la place de ceux qui n'eurent pas le courage de la porter. L'oreille d'un chien tranchée net par un clou, déchirée tout le long, voilà donc ce qu'il fut fait de nos vies.

Il avait aboyé pendant un long moment puis s'était tu. Elle hésitait à relire une fois encore les feuillets éparpillés sur le sol. Deux fourmis rouges y poursuivaient leur course, trottinant par-dessus l'année 40 passée à Caen. D'un coup de pied, elle les fit disparaître dans la terre, et les feuilles glissèrent en même temps.

Hier, vernissage de l'exposition antijuive, « Le Juif contre l'Europe », organisée par le père de Jacques au Palais Berlitz. Ils ont mis le paquet.

Vu le remarquable film *Le Juif Süss* de Veit Harlan, au cinéma Mac-Mahon.

nous allions aussi au cinéma Mac-Mahon où passaient sans discontinuer les comédies américaines et charmantes. Nous imaginions, non sans difficulté, que la vie pourrait peut-être un jour leur ressembler. Car nous aussi, nous vécûmes nos vingt ans comme tout le monde avec en plus cette méduse au fond de nous, ce doute gluant et nauséeux qui nous attirait avec autant de ferveur que nous le repoussions. Comme nous attiraient inlassablement les placards verrouillés aux clefs absentes où se cachaient l'ensemble de ses affaires, les réserves de scotch, les chaussettes neuves, les mouchoirs pour lesquels nous avions une prédilection — il fallait donc les voler un par un au sortir du lave-linge, car il guettait lui aussi dans la crainte du larcin, puis les cacher sous le matelas épais. Mais par hasard, nous découvrîmes que la clef de notre placard, à la gauche du sien, ouvrait sa caverne d'objets. (cher Papa) Avec stupeur, nous vîmes alors une vieille boîte rouge à l'étiquette éloquente : bouts de ficelle inutilisables. Nous avions ri, mais un peu effrayée. Par la suite, remettant en ordre nos visites et cachant notre découverte, nous fûmes longtemps à inspecter cette intimité de caleçons, sans rien voler, pour regarder, fouiller, transgresser, essayer de comprendre. Car bientôt, il nous fut une obsession qui était celle de comprendre. Comprendre quoi ? Nous n'aurions su le dire. Mais comprendre. Comprendre les fleurs qu'il apportait pour elle, ses cadeaux trop nombreux, le fameux tigre empaillé transporté en voiture dans Paris ébahi, comprendre son amour des peluches, son goût des jolies choses, des tables décorées, son absence de baisers, ses bras radicalement manquants.

Mais il pleurait en regardant Bambi.

— Après ma mort, j'espère aller au paradis des chevaux (sans rire).

Il nous venait de ces bouffées de honte d'oser vouloir comprendre, comprendre qu'un mensonge, un non-dit transpirait malgré lui

Ce jour de mai, arrivant par surprise dans leur maison du Sud en leur absence, elle vit soudain, les unes après les autres, et pour la première fois, toutes les clefs enfoncées dans la serrure de chacun des placards qui ornaient son bureau. Leur stupéfiante pré-

86

sence, douloureuse jusqu'à crier, dénonçait le manque radical de confiance dans lequel il l'avait tenue depuis plus de vingt ans, dénonçait chaque jour de sa vie où les clefs avaient été absentes des placards, tous verrouillés sans exception, dénonçait je ne sais quel mystérieux secret qu'il aurait eu à cacher, qu'il aurait eu à *lui* cacher.

Elle comprit soudain le plaisir vicieux, dont elle avait eu honte tant d'années, qu'elle trouvait dans son besoin irrépressible d'ouvrir tous les meubles, les tiroirs (le grand bonheur des bureaux et des salles de bains), de regarder, de fouiner pour chercher quoi ? Elle n'en avait jamais rien su, un mystère, une clef, oui, quelque chose qui apparaîtrait comme la face cachée de tel ou tel. Jusqu'à dénicher d'ailleurs, après avoir fouillé — il avait donc ses raisons de se méfier d'elle à ce point —, la liste de « ses regrets et blessures » — c'est cela qu'il avait écrit de sa main —, qui recouvraient essentiellement les déceptions d'opérations immobilières manquées. (amen) Elle se demanda alors, de nouveau, de quoi il s'agissait quand, au sortir de la gare, un jour qu'il était venu la chercher :

— Je songe parfois à mettre fin à mes jours...

— Pourquoi, qu'est-ce qui ne va pas ?

— Je manque d'argent.

— Tu as des regrets dans ta vie ?

— Certains souvenirs désagréables...

Elle songeait alors à quelque exécution dramatique, quelque enfant séparé de sa mère hurlant dans le froid de l'Est...

Était-ce la honte finalement qui émergeait ? Qui était cet homme-là ?

(oui, c'est vrai qu'à un garçon j'aurais pu enseigner l'action, la force, la loi, tout ce qui fait la grandeur d'un homme : le sacrifice du soldat)

Il avait eu Hortense, et déjà cinquante ans, sa femme ne souhaitait pas d'autre progéniture (cette enfant me rendra folle), elle n'était pas faite pour cela, et il sentait combien déjà les enfants l'agaçaient, que son existence était loin de ses rêves grandioses d'autrefois, lorsqu'il s'imaginait en plein désert, officier saharien, à défendre les intérêts de la France. Il avait connu ce point de l'existence où il n'avait pas voulu mourir, mais lui avait manqué ce courage-là de naître.

(au moins pendant la guerre je pouvais tout, j'étais jeune, et je pouvais tout. J'aurais dû *entasser* davantage)

— Ah, si je m'étais intéressé à l'argent !

— « Ceux qui consacrent leur vie à faire de l'argent, bien souvent pour des gains dérisoires et de sordides économies, ces hommes repoussent résolument toute prudence, toute sagesse dont dépend leur propre survie et celle des leurs. » Sais-tu qui a écrit cela ?

— Si je le pouvais aujourd'hui, pour me refaire, je serais trafiquant de drogue !

Était-ce provocation ? Elle savait bien que non.

— Avocat et éditeur, tous des voleurs !

Il manqua une marche chez un commerçant du quartier :

— Il a perdu ma clientèle, cet abruti n'aurait jamais dû mettre une marche à sa boutique.

Comprendre l'homme avant le père. Fallait-il lui dire : je sais, et oser lui pardonner ? Ou être capable de lui en vouloir au nom d'une éthique personnelle. Mais était-elle personnelle, d'où venait-elle, et qui décidait du bien et du mal ? (Je suis tellement tentée par le pardon, Papa) Était-ce cela le courage ? Lui pardonner, était-ce devenir complice et donc coupable par rapport au reste du monde ? Mais ses baisers manquants, cela, pouvait-on l'oublier ? Pardonner le passé, les discours et non l'absence de baisers ?

(« je ne crois pas que les erreurs qu'on puisse commettre avec son pays soient plus graves que celle que l'on puisse commettre avec les gens qu'on aime »)

Et pourquoi cette peur de lui faire du mal.

— Si la haine répond à la haine, comment la haine finira-t-elle, Hortense !

Il avait dit cela tant d'années.

Comprendre, en scrutant jusqu'à pleurer les photos d'autrefois sur les albums bien classés, quand elle les rejoignait parfois, assis donc tous les trois autour de la table d'acajou sans mot dire (Hortense, octobre 1974, 6 ans) regardant l'un et l'autre, les lèvres fines et presque absentes de Papa, ses mains élégantes dont la peau se recouvrait de taches brunes, épiant le front fatigué de maman, la question au bord des yeux, frémissante (sait-elle ?) puisqu'ils s'étaient rencontrés (mai 1959, Villefranche, voyage de noces), bien après que ses parents à lui furent morts (Papa, à Saint-Cloud, Maman, rue Balzac), après tant d'années, oui, alors qu'elle était une toute jeune femme (Hélène, 1956, lycée Buffon, 21 ans), et lui déjà un homme, presque vingt ans d'écart (Henri, 1957, plage d'Arcachon, 37 ans), tout un passé derrière lui (savait-elle ?), tandis qu'elle épiait le front fatigué de maman, et si oui, pourquoi s'était-elle tue ? (Hélène et Henri, 1965, sixième anniversaire de

mariage), et si oui, pourquoi était-elle res-
tée ? (1968, emménagement dans l'appartement de l'avenue de Friedland), et si elle
l'ignorait, pourquoi ne s'était-elle pas inter-
rogée ? (Hélène, 1976, croisière sur le
France), et pourquoi avait-il fallu que ce soit
elle, Hortense, les deux doigts du Christ
dans sa chiffonnade mouillée, qui commence de s'interroger ?

car nous étions, au sortir de la messe, dans
la boulangerie aux fresques rouge et or,
quand Papa déclinait, comme à son habi-
tude, ses fameux commentaires, tandis que
la boulangère se taisait dans un silence cons-
terné

(il y eut tant de honte endurée à la place
de ceux qui n'eurent pas le courage de la
porter)

Était-ce le silence gêné des autres, ces
gênes lilliputiennes qui l'avaient conduite à
douter ? Mais par quel miracle avait-elle
ressenti de la gêne dans ces silences, précisément dans ces silences ? N'était-elle pas,
elle aussi, finalement, inconsciemment
devenue comme lui ?

c'est ainsi que malgré nous, avec terreur,
nous fîmes, malgré nous, oui, naturellement,
la distinction entre les noms, capable que
nous étions de reconnaître ceux qui l'étaient
de ceux qui ne l'étaient pas. Juifs.

— *Comment s'appellent-ils ?*

Alors si ces derniers avaient de ces noms aux connotations qu'il disait juives, Papa d'un geste, quelle douleur que ce geste, Papa d'un frottement rapide de ses doigts sur son nez,

— *Ils ne sont pas un peu...*

Les trois points de suspension... (mon dieu !), capable que nous étions de faire naturellement la distinction entre ceux qui l'étaient et ceux qui ne l'étaient pas...

N'était-elle pas, elle aussi, devenue...

Comprendre, comprendre...

— Mais qu'est-ce que tu as ? Tu es myope ? Pourquoi regardes-tu les photos de si près ?

— Je cherche à comprendre ce qui s'est passé ?

— De quoi parles-tu ? Tu es complètement cinglée !

Cinglée peut-être, mais pas folle.

Horsita, non je n'étais pas folle, mais j'ai cherché jusqu'à la démence. (j'ai vu ton faible souffle s'attarder dans tes côtes et l'air était une musique) Horsita, la soif des hommes de ce monde se paye au prix de ton meurtre. J'ai renoncé à tous les bonheurs humains pour te laisser vivre car tu es le bonheur même ! Nous fûmes si nombreux à t'adresser avec indifférence cette phrase obscène :

— Va donc, Horsita, t'ouvrir les veines,

que tant de fois tu entendis, que tant de fois tu

refusas. Merci, mon adorable, merci ma tendresse, oh ma belle, il m'eût été insupportable de
te survivre. Je sais ce qu'il coûte de te défendre, je
sais les sarcasmes qui traînent à ma suite et dont
le murmure arrive jusqu'à mes tympans surchargés. Mais je sais, et c'est une vérité que je ne renie-
rai jamais. Toi, Horsita, tu es ma vérité.

— Comment s'appelle-t-il ?
— Je crois donc que nous irons passer un
week-end dans le Sud vers la fin du mois de
juin. Il y a un dîner de Saint-Jean qui est
organisé.
— Comment s'appelle-t-il ?
— En revenant je pourrais passer vous
voir, peut-être...
— Comment s'appelle-t-il ?
— ... de toute façon je dois ramener la
voiture à Rosa, donc...
— Comment s'appelle-t-il ?
Elle ne répondait pas et avec une impo-
litesse qui n'était pas de ses plaisirs.
— Je n'ai pas envie de te répondre Papa,
je suis désolée.
— Je te demande juste comment il
s'appelle, cela me paraît normal, non !
— Samuel Lévi.
— Son père est sûrement un Juif italien
dans le textile. Hortense, il ne faut pas sortir
de sa caste.
Et pourtant il disait la splendeur du
matin, les rossignols, Apollinaire et Dieu,

93

l'amour inouï de Dieu. Il parlait de tendresse. *Déjà, nous cherchions les preuves.*

— François, avez-vous les preuves ?
— Je vous les apporterai. Je retournerai au Centre de documentation juive contemporaine pour vous faire les photocopies nécessaires. C'est essentiel, bien entendu.

Elle marchait les yeux rivés au sol, elle ne pleurait pas. Sur le palier, elle s'était arrêtée devant la porte, clefs à la main, et courbée en deux, le ventre gonflé de peine à la rampe duquel elle s'appuyait, elle vomissait les mensonges, vingt-cinq ans de mensonge qui l'avaient donc vue naître et grandir, l'avaient éduquée, l'avaient initiée avant de la laisser en cette journée de mai, le corps ratatiné contre les plinthes. Le soir même, devant la glace, elle se raserait les cheveux, les sourcils, d'un seul coup.

Elle avait relu quelques-uns des feuillets éparpillés sur le sol puis s'était décidée à descendre pour commander un café chaud, cette eau noirâtre dans la tasse qu'elle serrait entre ses mains.

— Vous reprendrez bien un peu de café ?
— Merci non, cela me fait battre le cœur...

Et si j'ai été voir ton frère Papa, c'est aussi pour ça, parce que je cherchais ta vérité, c'est-à-dire la vérité d'un homme qui avait eu vingt ans en 40, et qui fut mon père à cinquante, un homme qui du point de vue de l'Histoire s'est trompé de camp, mais est-ce seulement du point de vue de l'Histoire, est-ce l'Histoire qui fait la vérité ?

Ton frère m'a dit un peu de ta vie en me disant un peu de ta mère et de ton père. C'est bien ainsi.

— Et voilà donc tout ce que je peux vous en dire. Il est certain que notre mère l'adorait, le préférait même à moi. En revanche, je m'entendais mieux avec notre père. Mais notre mère le gâtait vraiment beaucoup. Elle lui a donné énormément d'argent à cette époque, je crois. Mais, vous savez, je suis quand même resté cinq ans prisonnier en Allemagne, je n'ai eu que des échos sur lui durant cette période, des informations de seconde main si je puis dire. Je regrette vraiment de ne pas avoir revu notre père. Il est mort avant que je ne sois libéré. C'est une blessure qui ne s'est jamais refermée. Henri me parle souvent de vous.

— Parce qu'il vous voit ?

— Bien sûr !

— Il ne me parle jamais de vous.

— Il vous aime profondément, vous savez. Vous représentez avec votre mère ce qu'il *possède* de plus précieux au monde.

(ce qu'il *possède* de plus précieux au monde)

26 janvier 1943

Aujourd'hui pour la première fois, je *possède* un cheval à moi. Acheté la semaine dernière, j'ai été le chercher ce matin. C'est un superbe pur-sang. Je pourrai maintenant monter avec Jacques.

12 avril 1943

J'ai adhéré au Racing pour être plus tranquille. Il devient difficile de circuler. Aller à Saint-Cloud est encore possible.

14 juillet 1943

Acheté un autre cheval. Alezan celui-là. Madame S. aime beaucoup le pur-sang. Elle le préfère. Nous essayons de lui obtenir un titre d'Aryenne d'honneur pour l'aider. C'est une femme de goût.

Je fréquente maintenant régulièrement le restaurant *L'Avenue* à Neuilly. Excellente soirée avec Jacques et son cousin Jean. Le restaurant est coupé en deux. Une partie pour les Français où nous prenons nos verres et organisons des dîners de têtes pour nous amuser, l'autre côté pour les Allemands. On ne se voit pas. Anne et Simone qui traînent au restaurant tout le temps, vont partir. La situation est trop difficile pour elles en tant que Juives. Il y a aussi Max dans la bande qui a été amenée par Jean. Autrichienne. Pied-bot. Fabuleuse. Hélas, elle est mariée.

12 décembre 1943

J'ai acheté mon premier dessin ancien rue du Faubourg-Saint-Honoré. Vu Maman qui s'amuse beaucoup à se ravitailler au marché noir, au restaurant de *La Porte*. Ils assurent un service par-derrière pour les clients fidèles. Qu'il est loin ce temps où tous les mardis elle recevait à la maison.

Avec Jean, nous avons été arrêtés par un barrage en rentrant du restaurant. Cinq minutes plus tard, il m'a dit en me montrant sa carte d'identité : Henri vous savez qu'elle est fausse. C'est une grande preuve de confiance. Il est juif. Son frère est mort à la guerre.

— Gagel Henri, vous connaissez ?

— Quel camp ?

— Le mauvais !

— Non, cela ne me dit rien mais je peux chercher.

— Je n'osais pas vous contacter, Monsieur, mais j'ai besoin de vous, j'ai vraiment besoin de vous.

— Appelez-moi Pierre. Vous avez bien fait de venir me voir. Depuis trente ans que je travaille sur cette période en tant qu'historien, je commence à savoir un peu de quoi il retourne. S'il y a quelque chose à trouver, je le trouverai. Je fouillerai les fiches.

(les fiches, qu'on apporte les fiches, il faut donner des pistes, reprendre depuis le début, comme si tout cela pouvait avoir un début, un milieu et une fin, et de qui se moque-t-on ! comme s'il fût possible qu'il y eût un ordre à tout cela, à cette existence s'effilochant seconde après seconde, comme s'il fallait expliquer ce qui est inexplicable, trouver un sens ou des réponses à ce qui n'en possède pas)

ahou ! Les chinoiseries nous mettaient en transe, nous fûmes très chinoise dans une vie d'avant. Nous mangions aussi avec délectation des morceaux gras et rose de ce foie de morue dont les boîtes — bleu, blanc, jaune — ravissaient nos regards. Sur du pain grillé,

98

avec du beurre, arrosé de citron. Parfois nous refermions notre main sur le pouce, nos doigts touchant la paume ; ou bien nos dents suçaient un mouchoir de coton tout en le mordillant, inondant le tissu de trous fragiles. Nous apprenions à coudre avec Madame Solène qui était grosse et sans gentillesse. De là que la dentelle nous resta étrangère. La concierge avait encore les jambes couvertes de taches de rousseur que l'on devinait sous ses jupes. Cette lumière sur ses mollets nous bouleversait. Nous rêvions un jour nous asseoir sur un fauteuil de cuir un whisky à la main et la mer à nos pieds. Nous ne le fîmes jamais. Excitée aussi, lorsqu'un petit garçon titilla le bout de nos seins à venir derrière les filets penauds des cages de football à la récréation

Elle l'avait repéré aussitôt en arrivant, au fond à droite, où il se tenait debout dans la pénombre, une femme lui caressant obstinément la main. Il en éprouvait visiblement une gêne indéfinissable, un agacement. Ils s'étaient vus immédiatement et, quelques heures plus tard, alors qu'ils n'avaient toujours pas échangé un mot, elle l'avait regardé avec une certaine insistance avant de se diriger vers la salle de bains. Il l'avait suivie avec discrétion, sans hésiter, laissant sur le canapé la main désœuvrée de sa femme (sa femme?) dont les doigts erraient sur l'accoudoir brun du canapé, s'égaraient dans la soucoupe sur la table basse au milieu des cacahuètes luisantes, s'attardaient autour du pied de la coupe à champagne, indifférents aux rires, à cette fête, à cette nuit, impatients seulement de retourner à leur besogneuse caresse.

A l'étage, il avait agrippé les seins d'Hortense sous la robe remontée sans un mot, avant de l'appuyer contre le lavabo. Leurs corps cognaient contre la vasque.

(il ne faut pas dessouder le lavabo, il ne faut pas dessouder le lavabo)

Elle était, Samuel vrillé au cul, irradiant de lumière noire.

(qu'il me pine jusqu'à en perdre le souffle, qu'il me pine jusqu'à l'extase)

— Ma famille n'a pas été directement touchée par les camps. Personne n'est mort là-bas si bien que je n'ai pas personnellement souffert du fait d'être juif. Ma famille était tout à fait assimilée, comme on dit. Il n'y avait pas de tabou particulier à la maison sur ce sujet. C'est plutôt politiquement que j'ai abordé tout cela lorsque j'ai finalement compris que le monde d'agglutinés où nous sommes était directement issu d'Auschwitz, et d'Hiroshima également. Le monde où nous vivons fonctionne comme

100

les camps, dans la même fragmentation et le même refus de la responsabilité.

— Mais les gens ne sont pas déportés Samuel, ils ne sont pas transformés en abat-jour, en savons, on ne peut pas dire ça.

— Ils ne sont pas déportés, non, ils ne sont pas transformés en savons mais ils sont devenus des marchandises plus ou moins rentables. L'ensemble du système fonctionne sur un rapport de rentabilité comme les camps. C'est là l'inconscient de notre monde. Cette industrialisation de la mort est un point de non-retour sur lequel s'est greffée l'industrialisation de la vie. A Auschwitz, ils ont fabriqué des cadavres, ils ont supprimé la vie dans la mort, si bien qu'aujourd'hui c'est la mort elle-même qui est niée dans la vie et en même temps qu'elle la vie dans la vie. C'est pourtant clair. A Auschwitz, ils ont organisé le meurtre du langage et maintenant nous subissons le bruit assourdissant de la communication planétaire qui tend à nous faire oublier ce meurtre. Les mots ne portent plus leur sens. Les individus ne se parlent plus parce que le sens des mots a été contaminé à Auschwitz. Ce qui avait tenu lieu de valeur aux individus jusqu'à Auschwitz a été anéanti là-bas.

— Ce n'est pas vrai Samuel, ce n'est pas vrai.

— Tu ne veux pas l'entendre, personne ne veut l'entendre. Les hommes aujourd'hui ne supportent plus d'appartenir à cette espèce qui n'a pas su empêcher Auschwitz. Ils veulent se débarrasser de l'humain, de l'humain dans l'espèce humaine. Ils ne savent plus ce qu'être un homme signifie.

— Parce que toi tu sais ?

— Je sais que je ne pourrai jamais plus faire *comme si*, *comme si* je ne savais pas la part d'horreur que porte l'homme, comme si je ne savais pas que le commandant d'Auschwitz, Rudolf Hoess, est potentiellement en chacun de nous. C'est même parce que je sais cela que je pense avoir une chance de donner un sens à ce que c'est qu'être un homme. Tant que les gens refouleront cette part d'ombre, le monde ne laissera aucune place à cette part lumineuse et bonne, à ce qui fait la grandeur de l'homme. Il existe un lien direct entre Auschwitz et le monde d'aujourd'hui, un lien que ce monde se refuse à voir. Nous sommes le seul accident possible, nous, c'est-à-dire l'humain dans l'humain, nous sommes le seul accident possible pour mettre ce lien maléfique à nu, afin de l'interrompre et d'établir une unité nouvelle. Il y en a qui devront se charger de cette impossible tâche.

— Et comment s'y prendront-ils selon toi?

— Cela ne pourra passer que par le langage.

Chère Horsita,

Nous les mettrons à genoux, à l'aube de l'an 2000, cette racine carrée du rien. Je suis fatiguée de mes propres leçons, je parle comme si j'étais pure. Leur morale était grande car grande était leur cruauté. Nous irons doucement, toi et moi sur le chemin. D'où cela me vient, Horsita, que je ne veux pas te perdre. Nous ne sommes pas tout à fait si laides qu'ils veulent bien le dire. Je revendique autre chose Horsita, je te revendique mais c'est au-delà des mots. Comprendront-ils?

Papa, te comprendre, serait-ce te pardonner? Serait-ce devenir complice? La compréhension nous dispense-t-elle de toute morale? La compréhension, voilà la punition. Le bien et le mal s'attachent-ils seulement à l'individu isolé? Pourquoi ce mot de Juif m'est-il devenu imprononçable?

Horsita était nue, couchée au fond du couloir. Hortense lui crachait dessus quand elle daignait la voir. Par dizaines de fois, elle décrochait le téléphone pour vérifier qu'il fonctionnait (il est sûrement en dérangement, François a dû essayer d'appeler), puis reposait le combiné, effrayée. François la laissait nue, couchée au fond du couloir, écrasée par l'absence de preuve.

— Gagel Henri, vous connaissez?

— Quel camp?

— Le mauvais!

— S'il y a quelque chose à trouver, je trouverai.

(je suis une poule que l'on doit tuer et mes parents sont les fermiers. Cette terreur de la poule qui tente de s'échapper en battant vainement des ailes, c'est moi. Papa porte un grand couteau. Celle qui l'accompagne est ma mère. C'est l'histoire qui s'est transformée en femme)

— Ne me laisse pas dans le silence.

— Deux jours, ce n'est pas le silence.

— Je te désire jusqu'à l'écœurement, jusqu'à la nausée. Ne me laisse pas dans le silence. J'ai besoin de faire l'amour avec toi, de me barbouiller le visage avec ton sexe.

Le corps comme une arche tendue, que Samuel maintenait d'une main en la tenant par les cheveux, elle lui offrait les cris, que, d'extase, elle n'avait jamais su donner. « Un être humain dont le présent est entièrement et exclusivement investi par le passé peut-il avoir un avenir? »

(il n'y aura pas de narration possible, tu le sais, Hortense, pourquoi écrire cela, pour quelle trace, pour quelle preuve?)

104

— Je veux aller là-bas.

— Pour quoi faire?

— Pour voir, je dois voir Samuel, je dois voir...

— Il n'y aura rien à voir, là-bas il n'y a que la terre et les arbres, c'est toujours le même décor, il n'exorcisera pas les images que tu en as, ni les questions, il ne te dira rien. Il s'ajoutera comme un élément en plus de tous ceux que tu as déjà et qui ne te permettent pas de comprendre. Car tu ne comprends pas, n'est-ce pas? En toi reste cette part qui refuse de comprendre.

— Mais qui te prenait dans les bras quand tu étais petit? Ta nounou, elle te prenait dans ses bras?

— Je n'en sais rien, tu as de ces questions! Jamais je n'ai eu de telles questions vis-à-vis de mes parents, nous n'étions pas de ces milieux, nous n'avions pas de telles grossièretés. Est-ce que tu pourrais cesser de te tortiller le nombril, est-ce que tu ne pourrais pas avoir une existence normale!

(ah, ce fameux mot de normal)

Des questions, non, il n'en eut aucune.

les dîners : combien de fois les mêmes choses tentées, combien de fois! Ses larmes parfois, à ses yeux qui montaient. La douleur du mur qui nous séparait. Et l'horreur des lendemains, où, négligent il lançait sans conscience : nous avons beaucoup bu hier soir, je ne sais plus très bien de quoi nous avons parlé.

Mais avec quelle patience nous retournions de nouveau notre visage vers lui, pour tenter de l'atteindre, le comprendre, et crever les méduses. Car sans cesse, nous espérions qu'il baisserait les yeux doucement pour dire qu'il ne pensait pas tout cela, non, qu'il était simplement fragile comme chacun, et que c'était pour lui une façon de se défendre, qu'il était si sensible au fond, qu'il s'en prenait aux autres, aux Juifs, par ignorance, par peur. Nous désirions qu'enfin il nous prît dans ses bras en murmurant : je te demande pardon. S'il avait une fois, seulement une fois, reconnu s'être trompé, une ridicule et simple fois, notre vie entière en eût été transformée

Elle s'était décidée à descendre pour commander un café chaud. Elle ne sentait pas les deux morceaux de verre trouvés dans les *frijoles* qu'elle avait sciemment choisi d'avaler. Ni même l'écharde qui s'était enfoncée, dans la plante du pied gauche où elle avait fini par disparaître.

(comment le verre et le bois ont-ils pu être assimilés de cette façon par mon corps, cette mollesse spongieuse qui est la mienne ?)

Elle s'était décidée à descendre pour

commander un café chaud, cette eau noirâtre dans la tasse qu'elle serrait entre ses
mains, se penchant jusqu'au sol, jusqu'à
presque tomber du transat (un antique spécimen) le regard gelé, la bouche silencieuse,
laissant refroidir le café qu'elle avait
demandé en bas, au rez-de-chaussée de
l'infâme gourbi, où trois bidons en métal
singeaient des tables de bistrot à l'une des-
quelles s'appuyait la petite prostituée brune,
ses seins caressés, son ventre à pleurer.

— Holà!

— Holà, quiere tomar un café en mi
cama?

Dans la tasse qu'elle serrait entre ses
mains tandis que la petite prostituée lui
caressait doucement les cheveux, ses jolis
cheveux blonds qui effleuraient le sol, car la
tête penchée en avant, entre ses propres
genoux, épiant les fourmis qui montaient à
l'assaut du transat, ses pieds s'enfonçant
dans la boue douce et humide (argile de
sang), alors qu'un poste de radio sur la
gauche diffusait une vieille chanson mexicaine :

« Le même conte qui n'en finit pas

Les quatre murs se moquent

Routine et porte fermée

Un carnaval de jeunes hommes qui
dansent sur mon lit... »

— Que quieres hacer Señora?

— Nada. Deja me por favor, y pardon a me, a lo mejor otra vez. Te tengo mucho cariño.

Alors qu'un poste de radio sur la gauche diffusait :

« Je me souviens de ce cerf-volant

que je faisais voler quand j'étais enfant... »

Elle entendit cette vieille chanson mexicaine et la petite prostituée ouvrir la porte puis la refermer sans hâte, ses pas s'éloigner jusque vers l'escalier, descendre, s'arrêter puis remonter accompagnés d'autres pas, quatre pieds donc, qui semblaient marcher côte à côte, une autre porte s'ouvrir, se refermer, le silence, le rire brun et joyeux de ses seins caressés, son ventre à pleurer, les couinements du lit, puis de lui enfin, ce râle des hommes, toujours si troublant.

Il faudrait relever la tête vers Paris, qu'elle retrouvait toujours avec la même excitation enfantine, le même sentiment de puissance, comme Scarlett retrouvait Tara, dans *Autant en emporte le vent*, ma terre, Paris, Tara...

Il faudrait relever la tête, alors que le mélange d'un rire étrange et d'un dégoût nauséeux commençait de naître au fond de sa gorge. Il lui semblait qu'elle avait senti, en effet, le matin même, cet embryon de sensation prendre forme dans son ventre, quelque chose de neuf, qu'elle ne connaissait pas, qu'elle n'avait jamais éprouvé et qui, depuis remontait jusqu'à sa gorge, sûrement et avec lenteur. Il faudrait relever la tête.

5 octobre 1939

Il faudra bien que la France relève la tête. J'ai reçu des nouvelles de l'armée française. J'avais souhaité m'engager mais ils m'avaient demandé d'attendre. C'est un peu tard maintenant. Je viens de me décider pour intégrer finalement HEC. On ne peut pas monter deux chevaux en même temps. Je pars donc à Caen où l'école s'est repliée.

8 novembre 1939

Nous sommes à l'Hôtel Voltaire, qui donne sur le champ de courses au bout de la ville. Une fois encore, je ne suis pas très loin des chevaux. Au milieu de la place, une sorte de génie ailé offre son derrière à la ville. Nous l'appelons Madame Cul-vers-ville. Les cours ont lieu à l'hôtel où les chambres ont été réquisitionnées pour les élèves. Considérant qu'il faut vivre agréablement, surtout quand on est d'un certain milieu, j'ai réussi à obtenir une chambre superbe qui donne sur l'angle du champ de courses. C'est une des plus belles de l'hôtel. Je la partage avec Jacques.

10 décembre 1939

Nos cours se déroulent dans l'ancienne salle à manger. Beaucoup de professeurs ont été mobilisés, mais il reste le vieux directeur toujours préoccupé par des problèmes de pain. Cela nous fait beaucoup rire. Le professeur de droit civil également qui parle de la jouissance de la chose. Il y a aussi celui qu'on a surnommé le Sémaphore, tout bêtement parce qu'il ressemble à cet objet. Il boit des coups avec nous, puis nous met des notes terribles. C'est une vraie peau de vache. Quant au professeur de gestion, on dirait vraiment un Persan sortant du souk avec son tapis sur l'épaule. Nous sommes toute une bande à prendre nos repas à la brasserie de l'hôtel. C'est très agréable. Nous mettons un peu de désordre dans la ville, si bien que je sens parfois une sorte d'acrimonie à notre encontre.

8 janvier 1940

Grosse rigolade aujourd'hui. Un des nôtres, en sortant de cours, est resté sur le trottoir à attendre, puis un autre, puis nous étions deux cents. Les habitants de Caen nous ont demandé de qui nous escomptions la venue. Le président de la République, ai-je répondu. Ils ont commencé à faire le guet eux aussi. Nous sommes partis les uns après les autres. Ils patientent toujours, les imbéciles. Qu'est-ce qu'on a ri ! On a fini la soirée avec Jacques à la brasserie. Il imite Hitler comme personne : Eva, kafe, trinken ! On a ri, on a ri.

21 janvier 1940

Jacques s'entraîne au revolver dans notre chambre. Ce grand type en costume tirant au-dessus des lits a vraiment de la gueule. La direction de l'hôtel n'apprécie guère. Il faut bien se distraire un peu pourtant. Il voudrait passer une nuit avec Louise. C'est une petite prostituée brune qui reste toujours accoudée au bar de l'hôtel. Le fera-t-il ?

27 mars 1940

J'ai vingt ans aujourd'hui et je suis appelé
sous les drapeaux.

*nous aussi nous vécûmes nos vingt ans
comme tout le monde, avec cette méduse au
fond de nous, mais aussi la terrible irradia-
tion du besoin nucléaire d'être aimé. Nous
fûmes, donc, au téléphone, des heures
durant, puis à prendre le métro en regardant,
étonnée, des filles de notre âge se bousculant,
se tirant les cheveux dans la joie, pour aller
rencontrer un hypothétique jeune homme
avec toujours cette même peur que l'autre
nous manquât dans le café bondé. Dans
l'attente des rendez-vous, bientôt voués à
l'échec, nous ne pouvions ni lire, ni écrire, ni
penser, souhaitant appeler le soulagement
que représenterait sa présence près de nous, le
soulagement d'une catastrophe de nouveau
repoussée : il aurait pu, oui, ne pas être là.
Un lit de camp creux enveloppait nos
corps, aussi confortable qu'un cercueil. Nous
aimions, peut-être, en arrachant les étiquettes
sur les bouteilles glacées des bières. En
buvant, nous découvrions le heaume de
l'ivresse chiné rouge et gris. Nous ne savions
pas encore oser nous retenir.
Puis de retour à la maison,
— Petite putain...*

nous retrouvions la famille, l'harmonie.

— Pardon, Maman, qu'est-ce que tu as dit ?

Rompue un jour et ponctuellement, après qu'une fuite magistrale de l'étage du dessus vint abîmer le plafond du salon, ses peintures à lui, précieuses et raffinées. Quarante-huit heures après cette découverte, et le plafond toujours humide, il monta au-dessus, tambourina de tous ses poings, la face rouge, vociférant de ces mots impossibles autrement :

— Vous allez arrêter de pisser dans mon salon, vieille conne ! Ouvrez cette porte, ouvrez cette porte immédiatement !

La voisine terrifiée n'en fit rien, quelque chose en nous se fêla. Nous regardions ses mains, mortelles elles aussi

12 mai 1940

Je travaille ma main tous les jours en montant les chevaux du Cercle de l'Étrier qui ont été abandonnés par leur propriétaire. Je dois rejoindre l'armée française dans la 72e batterie anti-aérienne, convertie antichar. Ils sont installés à Rouen. J'ai encore trois jours devant moi. Je monte tous les jours. Il y a là les chevaux les plus

extraordinaires. C'est absolument merveil-
leux. D'autant que je commence à avoir une
certaine qualité de dressage. Je n'utilise
plus jamais la cravache.

*oh ce jour d'été où dérangé par les bruits de
petits cousins en visite qui avaient innocem-
ment pénétré dans sa chambre,*
— *Foutez-moi le camp ou je sors la cravache !*

La cravache, Horsita, tu te souviens ? Comme tu
étais pâle avec tes chaussettes blanches qui mou-
raient doucement chiffonnées sous tes genoux
cagneux. J'aimais ta jupe bleu marine où ma
peine allait se perdre dans les plis.

— *Te rends-tu compte de ce que tu es en
train de dire ? Je ne peux plus supporter ta
brutalité ! Tu vas la sortir, et quoi ? Tu vas
leur taper dessus jusqu'au sang, tu leur tape-
ras dessus comme Maman sur moi ! (cette
enfant me rendra folle) Assez, assez, je ne
peux plus supporter, je ne peux plus supporter !*
— *Je t'interdis de me parler sur ce ton !*
— *Tu ne m'interdiras plus rien !*
— *Ne crie pas, tu pourras crier quand tu
auras une mitraillette à la main pour anéantir Sarcelles.*

114

(elle est complètement malade, il faut qu'elle prenne des calmants)

Sarcelles, non, il n'aimait pas.

Et nous, blottie dans un recoin de lit, secouée de sanglots en cascade, la tête d'Horsita contre le mur, frappée. Comment éviter d'aborder les méduses ? Les aborder c'était vouloir le tuer

Cher Papa,
Aujourd'hui, je prends le risque de cette lettre parce que je ne peux plus vivre dans une telle incertitude.

15 mai 1940

Je suis mobilisé.

Je pars demain. J'ai préparé mon sac. J'ai emporté la Bible et une Anthologie de poésie française. Je pars donc faire la guerre.

Ce que tu as fait pendant la guerre, je le saurai un jour. C'est de toute façon une vérité qu'il m'a fallu payer parce que la société entière me le demandait, parce que *je* me le demandais. Je saurai un jour, oui, à moins que tu ne m'en parles simplement dès aujourd'hui. Mais je trouverai la vérité parce qu'elle est mon souci et que l'on s'imagine qu'il est important de connaître son origine. Mais est-ce que je ne viens pas de bien plus loin que toi ? Je viens de très loin, n'est-ce pas, comme tout le monde.

17 mai 1940

Nous avons été accueillis par des officiers de carrière. Ils nous ont expliqué que les unités comportaient une centaine de personnes. Lorsqu'on monte en ligne, il n'en revient que trois ou quatre. Il faudra pourtant monter en ligne.

> Te dire que je t'ai détesté a-t-il du sens à mes yeux ? N'ai-je pas plutôt détesté t'aimer à ce point ? N'ai-je pas plutôt détesté t'admirer ainsi ?

17 octobre 1940

Enfin Paris. Je suis démobilisé. Je n'ai pas encore croisé un Allemand. Et je ne me suis pas battu.

> T'admirer ainsi, oui, cette force qui était la tienne, alors que je sentais ton mensonge, alors que je sentais, que j'ai toujours senti que tu me cachais quelque chose.

13 décembre 1942

Je me suis présenté avec mon costume noir, ma belle cravate grise, une chemise blanche et mon parapluie de chez Hermès à l'Hôtel Claridge pour voir Monsieur R. Il est chargé de recruter des marchandises de toutes sortes pour les besoins de l'armée d'occupation.

En te voyant dimanche dernier, j'ai eu envie de te prendre dans mes bras comme une fille qui embrasse son père, tout doucement, comme cela devrait être. Je l'ai fait à moitié. L'as-tu senti ?

— Tu l'as bien sentie ma pine de Juif circoncis ?

— Samuel, je t'en prie...

— Il est gentil, penses-tu, mais non, je ne suis pas gentil Hortense, pas du tout. L'autre soir, un taxi à la gare de Lyon m'a pris en bougonnant parce qu'il finissait sa journée et que ma direction était opposée à la sienne. Laissez-moi ici, laissez-moi ici, c'est plus simple, je vais prendre une autre voiture. Il a fini par me conduire. Vous êtes fâché ? a-t-il demandé. Non. Vous êtes gentil, c'était gentil de me proposer de changer de voiture. J'ai tout de suite vu que vous aviez une bonne tête. Mais ce n'est pas cela Hortense, non, je n'ai pas une bonne tête, il n'existe pas de braves gens, on sait bien de quoi les braves gens sont capables, non, je voulais descendre parce que je voulais avoir la paix. Ce n'est pas de la gentillesse Hortense, c'est de l'égoïsme. Je m'appelle Samuel, Hortense, mais je suis égoïste moi aussi, oui j'ai le droit à cela, comme tout le monde. Pourquoi serais-je un type mieux que les autres ? Parce que je suis juif ?

Septembre 1942

Vu hier le remarquable film *Le Juif Süss*, de Veit Harlan, au cinéma Mac-Mahon.

(pourquoi suis-je tombée amoureuse d'un Juif ?)

Chère Hortense,

J'ai donc reçu ta lettre. C'est une très belle lettre d'amour. J'avais retrouvé un carnet vert, il y a quelques années, qui contenait mon journal pendant la guerre lorsque j'avais vingt ans. Le papier en était usé et mon écriture difficilement lisible. J'ai donc, à l'époque, tapé à la machine l'ensemble du texte, puis égaré le carnet dans les déménagements. En raison de ta lettre, je me suis décidé à t'offrir la photocopie de ces feuilles comme cadeau de Noël. Je l'avais tapé sur papier bleu, comme Colette la grande écrivait ses romans. Joyeux Noël donc à toi que j'aime, toi qui ne sauras jamais à quel point. Avant que tu ne commences, j'aimerais ajouter quelques détails : J'ai vécu cette époque au jour le jour, sur le terrain. Ce que je sais, je le sais. Ce ne sont pas des images telles qu'elles ont été fabriquées après coup avec le bien d'un côté et le mal de l'autre. C'est une vie quotidienne et des faits réels. J'ai vécu cette vie. Je la connais bien. Si je devais définir ce que j'ai fait pendant la guerre, je répondrais une fois de plus : J'ai vécu, comme tout le monde.

(mais Hitler aussi a vécu !)

Il faut que tu saches comment, petit garçon, je fus bercé par une grand-mère qui vivait dans le culte de Napoléon Ier. Mon enfance a été marquée par la gloire impériale, les uniformes, les chevauchées, le cliquetis des armes, la passion des chevaux et le goût de la gloire militaire. Je voulais faire Saint-Cyr. La vie en a décidé autrement. J'ai également été bercé par la guerre de 14-18. Tu sais que mon père était patron de l'hôpital militaire le plus proche du Chemin des Dames.

(devenir pédiatre, je deviendrai pédiatre si j'en sors vivant, plus jamais la guerre, plus jamais les hommes, n'importe quoi mais pas la guerre, ce soir il en est encore arrivé des dizaines, ils souffrent, appellent maman, ou le prénom d'une fiancée, je suis si impuissant à les soulager, et de quel courage ils font preuve)

Il m'a emmené le 6 février 1934 défiler place de la Concorde. Il avait une haute opinion de la France.

(plus jamais la guerre, n'importe quoi mais pas la guerre)

Je me souviens aussi de l'Exposition coloniale

119

de 1931. La France représentait un empire de cent millions d'habitants. Tout cela marque une enfance. Pour moi, la guerre de 40 est comme le deuxième acte d'une unique pièce de théâtre. 14-18 fut le premier, qui a brisé une époque, un monde, non seulement en France mais partout ailleurs. Je pense que les Juifs ont terriblement poussé à la guerre en 40. Terriblement, parce que c'était dans le sens de leurs intérêts. Mais tout ça est un gigantesque malentendu. Il y a des problèmes idéologiques qui se sont greffés les uns sur les autres. Tout ça aurait pu être évité.

La guerre, le soldat, représente à mes yeux une unité, un être unique. On s'incline devant le sacrifice du soldat, quelle que soit sa nationalité.

(mais lorsque le devoir du soldat est contraire à celui d'être un homme)

Tu verras que mon histoire est malheureusement loin de celle-là. Comme j'ai aimé mon pays la France, hélas c'était il y a longtemps.

Par ailleurs si tu pouvais remanier mon journal et en faire un récit, j'aimerais bien. Qui sait, cela pourrait intéresser d'autres que toi et moi.

(on ne se méfie jamais assez de ses parents)

La France, oui, il l'avait aimée celle-là, plus que sa femme, plus que sa fille, moins que l'argent, moins que lui-même. Mais qui lui ? Lui, le *fils* de sa mère, le *fils* de son père, de son époque, de son milieu, un *fils*, jamais né au fond, mais toujours là, avec cette bonne conscience inentamable, qui était la sienne, sa cohérence, une cohérence de marbre, impossible à briser.

Je t'ai vue Horsita, à la terrasse d'un café à Boucieu-le-Roi, dans ce pays d'Ardèche, je buvais une menthe à l'eau après avoir allumé deux cierges, non trois, dans la chapelle d'à côté. Tu dévalais la pente devant moi assise sur ta girafe en plastique jaune à roulettes. Tu avais les cheveux bruns mal peignés, un vieux bob sur la tête et les ongles peints en rose. Un rire qui me fendait le crâne. Je t'ai regardée tourner une heure durant. Un homme en pantalon, torse nu, est monté du fond de la rue qui débouche sur la vallée. Les hommes, quel bonheur! ai-je pensé. C'était toi sur ta girafe en plastique, je t'ai reconnue encore une fois, avec ce chaton que tu portais dans tes bras, ta joue contre ses poils. Je suis guérie (et de quelle maladie?), je suis en parfaite santé physique, n'importe le foie et le reste, je suis en parfaite santé physique parce qu'il faut croire à la maladie pour l'éprouver, parce que mes maux ce sont les leurs.

Elle ne pouvait plus tenir fourchette ni couteau, au point que manger lui était devenu aussi une difficulté. A cause des crevasses sur ses mains (extraordinaire). Les plis de son pouce s'écartaient sur des plaies ouvertes dans l'abîme. Le pus venait se cristalliser en croûtes délicates sur le bord. De quel recoin de son cerveau arrachait-elle un peu d'indulgence, de pitié vis-à-vis d'elle-même ?

Cela faisait à peu près une heure maintenant qu'elle n'avait pas bougé de son transat (un spécimen préhistorique) agitant de temps en temps une main comme un minuscule parapluie pour faire fuir les mouches qui se posaient sur ses cuisses et la chatouillaient. Pour évacuer les chatouillis des pattes de mouche sur sa peau nue.

A chaque fois qu'elle descendait dans le hall de l'infâme gourbi, elle tombait sur la petite prostituée brune accoudée aux bidons de métal, exactement là où elle l'avait laissée. Elle ne comprenait pas cela, tout en éprouvant un certain plaisir à la retrouver toujours à la même place, immobile. C'était juste au dernier moment, en relevant la tête — elle descendait toujours les escaliers, tête baissée, en regardant les marches, par peur de s'écraser — qu'elle la découvrait, les deux bras appuyés sur le bord, les fesses tendues en arrière, ou plus simplement assise, une jambe croisée par-dessus l'autre, fumant, avec cet air d'ennui paisible (heureux ?) qu'ont parfois les lézards. Mais à cette heure, pour une fois, la petite prostituée ne s'appuyait plus au métal : elle s'était accroupie auprès d'une fillette qui se tenait le crâne dans les mains, plongée dans ses genoux, gémissant en français :

122

— Mais il est où l'amour, il est où...

Elle avait peut-être huit ou dix ans, le regard déjà usé, les pieds nus.

> Je n'ai rien pu faire, Horsita, je l'ai prise dans mes bras, là, sur ce morceau de trottoir en terre battue. Je crains de ne plus même en être capable demain, mais toi tu le pourras, n'est-ce pas, toi peut-être tu sauras inventer de ces gestes. Horsita, ma vie, la tienne, sera plus grande que moi, je ne rejoindrai plus la rive, je suis au-delà de la faute, comprends-tu, j'ai perdu le sens de la faute. C'est affreux cette liberté. « Oh petite biche, pisses-tu où grand-mère priait ? »

La serveuse aux jambes lourdes, épuisées, les fesses larges — la femme du monsieur qui tenait l'infâme gourbi à qui elle avait payé le matin même son café brûlant avant de prendre le bus, ce bus-là exactement où elle avait craint l'hypothétique embuscade par de jeunes soldats qui ne seraient pas tout à fait des hommes — la serveuse tenait deux cailloux dans sa main qu'elle faisait passer de l'une à l'autre en fixant la scène. Son ventre abandonné sans souci sous la jupe distendue faisait comme une poche de douleur qui lui pendait de l'estomac. Un cheval était mort dans la rue d'à côté. Hortense vit l'ombre d'un crucifix se découper avec son auréole sur le mur d'en face, de telle façon que l'on eût dit Mickey crucifié sur la pierre.

(les nouvelles idoles)

Une fille et sa mère venaient de s'asseoir sur la droite autour du bidon vert. Ses lèvres rouges étaient pleines de croyance, et l'enfant dans son ventre. Hortense remarqua la mère en charpie de l'intérieur qui posait un regard triste et doux sur sa fille. Elle savait déjà comment elle irait s'écraser sur le mur. On voyait bien ce que les briques lui avaient fait, à elle, qui avait dû pourtant être si belle et si heureuse. Elle en portait les ineffaçables traces. Un homme les rejoignit. Il sortait de temps en temps un moignon de dessous la table, pour venir frotter sa main, qu'il cachait de nouveau discrètement dans sa manche. Comment avait-il appris à être différent des autres? Il avait lui aussi un regard triste, mais si généreux. Et les belles lèvres rouges qui croyaient encore, et l'enfant dans le ventre... Hortense s'était assise près d'eux après que la fillette eut été emmenée par son père :

— Papa, papa!

son père dont la grosse main s'était posée tendrement sur son crâne et qui le recouvrait entièrement.

Elle buvait un café chaud, et vit : deux troncs d'eucalyptus lisses et maigres dans le soleil,

124

(leurs corps squelettiques au sortir des camps)

La terre molle et humide qui me recouvrait jusqu'à m'étouffer, Horsita, je suis dessous la terre et l'herbe, dessous le sable, je voudrais d'autres paysages, pour toi. On ne peut pas aller trop vite, Horsita, c'est un voyage où chaque étape revêt son importance. Après viendra la paix, je trouverai les mots de la paix pour toi. Alors il me faudra beaucoup de courage pour te garder près de moi, mais je le ferai, car si je n'ai rien négligé au cours de ce voyage c'est pour ne pas te perdre, c'est bien pour que tu vives. Je te le dois, au nom de toutes ces années où j'ai entrepris de te torturer sans souci. Il faudra essorer chacun de mes nerfs! Je me souviens de ton visage baigné de joie dans les fleurs, de ton sourire dans le miroir quand tu reçus mes pétunias, cette grande beauté de ton visage heureux; tes yeux qui demandaient : Pourquoi moi ? Parce que la vie t'a piétinée Horsita, et que tu as continué de la servir comme si tu en étais l'élue. Que c'est beau cette innocence sans amertume. Tes yeux, il ne manquait que les poissons pour se croire en Méditerranée, et justement oui, les poissons toujours ont manqué. Je te les donnerai ces petits poissons de toutes les couleurs, j'irai chercher les anémones et les étoiles de mer qui remuent doucement leurs tentacules dans le fond de l'eau, car je suis enfin libérée de m'aimer.

(leurs corps squelettiques au sortir des camps)
— La vie du Juif traqué, je l'ai connue moi aussi!

— Tais-toi, tu ne peux pas dire cela, tu n'as pas le droit de dire cela.

18 juin 1940

Arrivés dans le Sud, nous sommes repartis à pied, ma valise pèse lourd en plus du matériel militaire. Elle s'est répandue cet après-midi alors que nous étions en colonne. Nous avons appris en arrivant ce soir que Pétain demande l'armistice. Ainsi elle est finie ma guerre, ainsi je n'aurai pas rencontré un Allemand, ainsi je ne me serai pas battu.

25 juin 1940

Pétain : « Je hais ces mensonges qui nous ont fait tant de mal. »

7 juillet 1940

Nous faisons des manœuvres qui ne servent à rien. Il n'y a aucune chance que l'on se batte avec quiconque. Mais il faut bien que l'on s'occupe. J'ai réussi à récupérer une chambre tout seul. Je m'y sens mieux que dans la masse populaire. Même si elle est sympathique. Nous faisons beaucoup d'exercices inutiles.

2 août 1940

J'ai vu aujourd'hui quelque chose d'extraordinaire. Alors que nous marchions, j'ai vu un rayon de soleil à travers les nuages qui donnait l'impression du faisceau d'une épée. J'ai repensé à cette photo dans *L'Illustration*, en 38 ou 39 je ne sais plus, qui représentait exactement la même chose. Je crois que ma vie est un combat, sera un combat.

25 août 1940

J'apprends que Jacques intègre les Chantiers de la jeunesse.

Il est en demi-montagne, à mille deux cents mètres d'altitude. Les paysans les ont vus approcher sans joie. Il est commandé par un lieutenant d'un certain âge. Il leur a été demandé de bâtir leurs maisons. « Nous massacrons une forêt depuis une semaine, écrit-il, en vue de construire nos baraquements. Aucune victime. Cela me semble miraculeux, car nous n'y connaissons rien. Nous abattons les arbres à la hache et les transportons à mains d'hommes. Nous hissons les couleurs tous les matins. J'étais de service hier. Tout le monde était au garde-à-vous. J'avais oublié le drapeau. Le chef de camp m'a dit : Jeune homme, gouverner c'est prévoir. Je n'oublierai pas. » C'est une belle devise en effet.

30 septembre 1940

Pas d'autres nouvelles de Jacques. Ni de personne d'autre. J'en souffre.

10 octobre 1940

Les élèves des grandes écoles sont démobilisés. Ils veulent créer une élite. J'en suis.

17 octobre 1940

Enfin Paris. Je suis démobilisé. Je n'ai pas encore croisé un Allemand. Et je ne me suis pas battu. Je suis rentré rue Balzac tout content mais il n'y avait personne. Je suis descendu interroger le fidèle concierge.

— Ah Monsieur Henri, vos parents sont à Saint-Cloud.

Je les ai rejoints le soir même et me suis précipité pour remonter à cheval.

8 novembre 1940

Les Smith ont été arrêtés peu après mon arrivée parce qu'ils sont anglais. J'ai assisté à leur arrestation. Au moment du départ, ils m'ont demandé de m'occuper de leur manège. Je monte les chevaux tous les jours à partir de six heures du matin.

12 janvier 1941

Les Allemands ont nommé quelqu'un pour s'occuper du manège. Je dois passer la main. Mes études se poursuivent sans problème à Paris depuis que l'école a été rapatriée.

14 mars 1941

Pétain : « Je tiens mes promesses, même celles des autres. »

21 septembre 1941

Bonnes nouvelles de Maman d'Avignon. Toujours rien de mon frère, prisonnier depuis un an déjà. J'ai été reçu à HEC. Je dois commencer à travailler à la Bourse du commerce dans quelques jours. Ils m'ont embauché. Ainsi, je rentre dans la vie active.

15 octobre 1941

Nous sommes une douzaine à travailler dans l'import-export. Nous achetons par vingt ou cinquante tonnes de marchandises qui restent dans les entrepôts. On ne voit jamais la marchandise. On travaille uniquement sur documents que l'on appelle des warrants. Rien à voir avec ceux de Komodo. Je suis donc à la tête de ce bureau. Il y a avec moi deux dactylos : l'une maigre, l'autre grosse. Pas très sympathiques.

Janvier 1942

Nous circulons à pied, en métro. Pour aller à la Bourse je suis obligé de traverser chaque matin une ruelle où se trouvent plusieurs prostituées. Elles sont vraiment pires que des femmes de ménage de vingtième ordre. Et sales en plus !

4 mars 1942

Les bombardements se multiplient. Hier soir, j'entends le fils du dessous qui rentre. Je ne sais pas s'il est à voile ou à vapeur. Il claque toujours la porte en rentrant. J'ai dit à Maman : tiens, il y a le fils Martin qui rentre. C'était en fait le bombardement de Renault, je l'ai appris ce matin. Au début, nous descendions à la cave régulièrement. Nous avons arrêté parce que cela ne sert à rien. Nous n'avons plus de personnel. Cuisinière, femme de chambre, envolées ! Tout le monde est parti. On est obligé de se débrouiller par nos propres moyens.

13 mai 1942

Roger, avec qui je travaille, met régulièrement ses espèces à la poubelle quand on le paye. Ça le fait rigoler. Hier, il a oublié de vider sa poubelle avant de partir. C'est nous qui avons rigolé. Entre-temps la femme de ménage était passée.

12 août 1942

Rencontré le vieil Hubert, le père de Jacques, qui m'initie à la bibliophilie.

2 novembre 1942

C'est la bérézina! Je dois vendre des tonnes de cordelettes d'alfa. En principe, elle sert à remplacer le sisal qui permet de lier les bottes de paille pour les agriculteurs. Il suffit de la regarder pour qu'elle se casse. Je ne sais que faire.

Fin novembre 1942

A peine cinquante kilos vendus. C'est une catastrophe.

13 décembre 1942

Je me suis présenté avec mon costume noir, ma belle cravate grise, une chemise blanche et mon parapluie de chez Hermès à l'Hôtel Claridge pour voir Monsieur R. Il est chargé de recruter des marchandises de toutes sortes pour les besoins de l'armée d'occupation. Le Claridge est occupé par les Allemands depuis les sous-sols jusqu'aux chambres de bonne.

— Revenez me voir quand vous voudrez savoir...

Comment avait-il pu demeurer avec ce secret suppurant dans les gencives pendant tant d'années ? Et pourquoi restaient-ils, lui et Maman, à ingurgiter leurs côtelettes de mouton sans rien dire, sans hurler, tout simplement hurler ?

Elle songeait, en les regardant dîner, à tous les efforts qu'elle avait mis autrefois en place pour ne pas les inquiéter, dans ses sorties, ses voyages dont elle ne disait rien au départ pour leur raconter en rentrant les risques qu'elle avait courus. Alors il riait :

— Tu es bien ma fille !

Comment avait-il osé lui mentir, à sa fille ?

Depuis le début, depuis l'aube de mon enfance, je connais ces aveux que tu ne m'as jamais faits, depuis le temps que cela me déchire, tord mon ventre, alimente ma bête. Jamais, non, jamais tu n'as renié. Combien d'heures, d'années, avant de pouvoir regarder en face la vérité mise à nu. Ce n'était qu'un rêve pour toi, c'est un cauchemar pour moi aujourd'hui. Tu aurais pu au moins garder le silence, ne rien faire, juste ne rien faire. Alors tu aurais été lâche, mais je t'aurais préféré lâche. Je ne sais plus. Je ne veux pas me vivre comme une victime, je ne suis pas une victime. Voilà que l'Histoire devient ma propre histoire et ta vie s'est maintenant étroitement imbriquée dans la mienne. Mais je dois, à mon tour, être responsable de mes actes. Qui suis-je? Suis-je ce que j'ai fait? L'Histoire est trop grande pour être contenue dans la mienne. Je n'en peux plus. Connais-tu l'attirance du néant? Ce n'est pas parce que je suis née coupable, que je dois vivre coupable. Je suis innocente, n'est-ce pas? Qu'y avait-il sous tes cheveux à vingt ans? As-tu du sang sur les mains? C'est une question inutile. « Car peu importe quel degré dans l'horreur a été atteint, c'est le premier pas dans le processus qui est de trop. »

— *cette chaîne de magasins est toujours fermée le jour du Yom Kippour...*

Nous avions appris au fil des ans ces jours de fête aux noms étranges, nous avions appris qu'il existait des Juifs, d'autres qui étaient des seigneurs, nous étions de cette race

« Il y avait des individus en Allemagne, qui, dès le début du régime hitlérien, s'opposèrent à Hitler sans jamais vaciller. Nul ne sait combien ils étaient — peut-être cent, mille — peut-être beaucoup plus, ou beaucoup moins, car on n'entendit jamais leur voix. On en trouvait partout, dans toutes les couches de la société, chez les gens simples et chez les gens instruits, dans

134

tous les partis, et peut-être même dans les rangs du NSDAP. Hannah Arendt. »

Mais toi tu n'étais obligé à rien, toi dont le pays était en guerre contre l'Allemagne !

(je suis issue d'un père qui a perdu la guerre, quand le pays entier est censé l'avoir gagnée. Mais l'a-t-il réellement gagnée ? Comment, désormais, ne pas se faire avoir, y compris par soi-même ? Je n'ai pas peur, mais je ne comprends pas très bien ce qu'il faudrait faire, ni par quoi cela commence-t-il ?)

il perdait son bic, son fameux bic doré, mais il n'aurait pu imaginer l'avoir égaré lui-même. Alors, il criait afin qu'on lui rendît l'objet qui avait glissé du bureau vers le sol, s'était fourvoyé dans un coin. Son bic doré, nous ne le prîmes jamais, ni aucun de ses livres, faut-il le préciser, nous n'y songions même pas, livres anciens, réunis tous ensemble, objets de collection, intouchables.
A la clinique quand une de nos cousines accoucha, nous le suivîmes pour la visite. Se tenait là une infirmière qui lui sourit, lui demanda,
— Vous êtes le papy peut-être ?
en lui tendant le bébé dans les bras.
— Je ne supporte pas les bébés, et non, je

135

ne suis pas le papy, je pourrais à la rigueur être le grand-père, on ne dit pas papy chez nous, nous ne sommes pas des gens du peuple.

(il y eut tant de honte endurée à la place de ceux qui n'eurent pas le courage de la porter)

Le peuple il l'aimait sous ses ordres, alors il devenait exquis, paternaliste, généreux. Encore fallait-il que le peuple fût blanc, car les Arabes, en gros tous ceux qui vivaient au-dessous de la Loire, n'étaient pas tout à fait des hommes. Les Juifs, eux, avaient à ses yeux une classification à part. En cette fin d'adolescence l'Histoire scolaire nous donnait une autre version du monde. Comme s'il fallait, à cette époque, choisir entre la vérité du père et celle de l'école. Plus tard, nous saurions qu'il nous faudrait chercher la nôtre

— La vérité? Qu'est-ce que la vérité, Hortense? Est-ce que chacun n'a pas sa propre vérité qu'il a fondée uniquement à partir de son expérience?

— Alors tout le monde serait dans le vrai de son propre point de vue? Et pourtant n'existe-t-il pas une vérité qui dépasse celle de chacun?

— Une vérité supérieure tu veux dire?

— Ce mot me déplaît.

— Disons une vérité du bien qui est indépendante des individus, ou de l'époque?

— Oui.

— Une vérité du bien qui recouvrirait tout ce qui s'oppose à la mort quelque forme que prenne cette dernière?

— Oui, peut-être quelque chose comme ça.

— Qu'est-ce que vouloir défendre la vérité si ce n'est endurer une souffrance blanche contre tous.

— Se mettre au service de la vérité, et c'est un choix, un choix réel n'est-ce pas? c'est se mettre au service de la langue, tu ne crois pas? La joie dans la langue! Lorsque la langue est dans la joie, lorsqu'elle est réconciliée avec le corps, elle ne ment pas. Mais qui définit cette joie, cette réconciliation?

— Tu disais que tu ne voulais pas te faire avoir y compris par toi-même...

— Mais si chacun ne définit sa vérité que par rapport à soi-même, qui dit le bien, Samuel, qui dit le mal?

— Chercher ce qui fait la loi c'est encore être sous le coup de la loi. Il n'existe pas de loi, Hortense. Le corps a une connaissance de la vérité que nous ignorons, parce que le corps ignore le mensonge, il est innocent. Lorsque trop de barrières tentent de briser la vérité, il prend la parole. C'est en ce sens qu'il en est le relais indiscutable.

— Si chaque individu pouvait accorder sa langue et son corps, alors quelle vérité! Mais je ne parle pas des individus en tant que particules atomisées dont le système se sert pour mieux perdurer, non, l'individu représente à mes yeux la puissance d'un collectif déployé.

— Revenez me voir quand vous voudrez savoir...

Septembre 1942

Je travaille énormément. Neuf heures tapantes tous les matins, jusque tard le soir. Cela m'excite follement. C'est passionnant, un peu comme un alcool. Je sors quand même beaucoup malgré le couvre-feu. Je couche chez les uns et chez les autres. Il y a deux chanteuses extraordinaires que je vais écouter dans les boîtes de nuit : Piaf chante *Mon légionnaire*, et Léo Marjane *Bei mir bist du schön*. Ce sont des vedettes. Mais je m'ennuie un peu le dimanche. J'écoute de la musique ou je vais à Saint-Cloud.

8 novembre 1942

Nous avons écouté Radio Londres à Neuilly. C'est ainsi que nous avons appris le débarquement des Américains en Afrique du Nord. Toute la salle du restaurant s'est levée et nous avons chanté *La Marseillaise*. C'était très beau.

Janvier 1943

Victoire ! J'ai trouvé, je vends ! Une espèce d'individu miteux a débarqué dans mon bureau l'autre lundi. Je lui aurais donné cent sous. Il s'agit d'un propriétaire de corderie. Il a obtenu d'importants marchés de filets de camouflage pour l'armée allemande. Du coup, il achète, il achète, il m'a raflé tout mon alfa en un clin d'œil. Le produit devient surdemandé. J'achète de l'alfa — et c'est pourtant de la merde —, et je vends, je vends. Nous discutons le prix entre douze et treize francs le kilo. Du coup, en plus de mon salaire, je fais mes petits calculs personnels. C'est admis ici. Tout le monde fait ça. On s'arrange avec le vendeur ou l'acheteur. Je fais mes petits calculs pour mes commissions supplémentaires.

Je suis parti une semaine avec Madeleine dont je suis très amoureux, me reposer à Val-d'Isère. Je l'ai rencontrée grâce à Maman en quelque sorte puisque c'est la fille d'une de ses amies. Quand je pense que je ne la connaissais pas alors que Maman la connaissait.

De retour en train, me balançant à la portière pour prendre l'air, j'ai perdu connaissance. Je suis heureusement tombé en arrière. Une chance, car sinon adieu Henri, adieu Madeleine.

— Est-ce que tu m'as vue comme une femme Papa?

Quelle était la nature de ce plaisir honteux qu'elle éprouvait à être sexuellement dominée, d'où lui venait cette jouissance face à la puissance d'un homme, était-ce cette fascination du mal, de la puissance du mal? Avait-on le droit de se poser de telles questions? Comment l'avait-il prise, sa femme?

(c'était bon Maman?)

— Est-ce que tu m'as vue comme une femme?

— Non, c'est difficile, je pense, mais tu es la vie, tu es la vie, ça n'a pas de prix cela...

Où était la vérité? Où se situaient les preuves?

(je n'ai aucune trace de tout cela sur mon visage)

— Gagel Henri, vous connaissez?
— De quel côté?
— Du mauvais!

Cher Pierre,

Vous êtes à la fin de votre vie, quel soulagement de vous livrer toute cette histoire, ces paquets de doute dont je sais que vous les emporterez au tombeau. Votre mort n'est plus très loin. Chaque cadavre emmène avec lui toute sa vie. Vous emporterez aussi une partie de la mienne. Tous ces détails s'évanouiront. Je cesserai peut-être alors d'être clouée à l'autel du secret. Cette tête endommagée qui est la mienne, ces hanches déchirées, ces poitrines cassées de deuils et en bouquets, emportez-les, je vous en supplie, pour que je puisse commencer de vivre. Pardonnez-moi, j'étais trop jeune pour supporter tout cela, et je me suis brisée. Mais n'était-ce pas comme une fracture nécessaire sur l'édifice de ma conscience tremblante et fébrile à chaque mouvement de ma pensée, dans la peur que l'édifice entier ne se brisât sans que je puisse en préparer la chute? Savez-vous cette horreur d'espérer finalement apprendre l'insupportable et le redoutant toujours? Connaissez-vous cette sorte de tourment, cette chose immonde qui s'agite en soi, éprouvez-vous l'effroi de reconnaître en soi-même cette horreur que chez l'autre on repousse? Oh, pardonnez-moi, pardonnez-moi. Je vais partir à

141

Turenne pour une partie du mois de mai. Écrivez-moi là-bas si vous avez des nouvelles. Je vous enverrai mon adresse.

Bien à vous.

Hortense.

— Vous êtes sûre que vous désirez savoir ?

Elle fit oui de la tête.

— Très bien, alors allons-y. Après la guerre, je fus chargé par le Centre de documentation juive contemporaine, le CDJC, de traduire une partie des documents laissés à Paris par les Allemands. A l'époque, j'ai gagné ma vie comme ça. Je parlais couramment l'allemand et ces traductions m'ont permis de poursuivre mes études. Quelle ironie, n'est-ce pas ? Vous savez également que j'ai une mémoire particulièrement aiguë, quasiment anormale, il faut bien le dire. Lorsque je me suis occupé de ce travail, j'ai retenu un certain nombre de noms, voyez-vous. Les années ont passé. Je me suis marié une première fois. A l'époque, la tante de ma femme racontait à qui voulait l'entendre comment, en tant que Juive, elle avait non seulement sauvé sa peau durant la guerre, mais bien d'autres Juifs avec elle. Son discours m'a semblé, alors, trop expansif, trop affirmatif pour être tout à fait crédible. Je me suis mis progressivement à douter de cette femme, et son nom ne me semblait pas tout à fait inconnu. Je suis alors retourné au Centre de documentation juive contemporaine. Je voulais vérifier si je ne m'étais pas trompé. Et j'ai fini par retrouver son nom. Elle avait, en réalité, dénoncé beaucoup de gens et collaboré avec les Allemands, vous savez, cette collaboration dite horizontale. Elle avait dû sa survie finalement à cela, au fait qu'elle avait été la maîtresse d'un nombre important d'Allemands. Je crois qu'elle avait même été tondue à la fin de la guerre, bien que juive. Je n'ai rien dit à cette femme. Mais il est arrivé un moment où elle a su que je savais. Parce que ce sont des choses qui ne trompent pas. On ne peut pas impunément abuser tout le monde. Après mon divorce, lorsque j'ai rencontré votre tante, et qu'elle m'a parlé de sa sœur et de son mari, de votre père donc, j'ai eu l'impression que ce nom me disait quelque chose. J'ai longtemps cherché dans ma mémoire et je me suis souvenu. Mais je n'ai rien dit, tout cela ne me concernait pas. Par la suite, lorsque je vous ai rencontrée et que nous avons parlé de la guerre, j'ai compris combien il était important que je puisse vous aider. Mais avais-je le droit de vous dire la vérité ? Et comment endosser cet impossible rôle tant vous sembliez déchirée entre l'amour que vous portiez à votre père et votre rejet de ses discours antisémites. Et puis j'ai pensé qu'il fallait, pour vous, que j'ai ce courage-là. Car j'avais vu le nom de votre père, et le vôtre donc, au moment où j'avais fait des recherches sur la sœur de ma première épouse. Et c'est ainsi que j'ai pu retrouver le parcours d'Henri Gagel. Et c'est donc ce que je dois vous dire aujourd'hui puisque vous désirez savoir. Voilà. Votre père a participé au Commissariat général aux questions juives. Il occupait un poste économique, c'est-à-dire qu'il avait la charge des biens des Juifs, vous voyez, il gérait les biens des Juifs déportés. C'est de là qu'est venue une partie de sa fortune personnelle. Il a participé également à l'exposition antijuive de 1942, pour finalement s'engager dans la Waffen SS. Cela signifie qu'il a choisi de porter l'uniforme allemand et de prêter serment à Hitler. A la Libération, il a été arrêté, jugé, puis condamné comme traître à la patrie. Il a fait de la prison et on l'a privé de ses droits civiques. Voilà. Mais je voulais vous dire avant toute chose que vous ne devez pas vous affoler maintenant que vous savez la vérité. Elle est difficile à supporter, j'en ai conscience, Hortense, mais il ne faudrait pas que vous vous sentiez le besoin de vous retrouver à la rue sous prétexte que la chambre de bonne où vous vivez a été payée avec la cendre des Juifs. Un excès est si vite arrivé. Il ne faut pas tout confondre. Si votre père a fait une partie de son argent sur les biens des Juifs déportés, cela ne vous implique pas directement. Ne vous sentez pas condamnée à finir dans le caniveau, cela ne mènerait à rien. Votre père est un traître, soit, il s'est trompé de camp. Mais vous ne devez pas vous en sentir coupable.

Les mots s'étaient enfoncés en elle comme de fines lames qui lui écorchaient une chair intime, cette chair sans matière.

Je te revois Horsita, oh ma peine, les bras écartelés attachés près des arbres, tes cheveux mal peignés que les ronces agrippaient, le sang coagulé sur tes côtes fragiles, mon rire de diable qui te cinglait les yeux, tes yeux à demi fermés, dans l'ombre.

— François, avez-vous les preuves ?

— Je vous les apporterai. Je retournerai au CDJC pour vous photocopier les papiers qui vous prouveront la véracité de ce que j'avance. Je comprends que vous en ayez besoin. Je le ferai pour vous. C'est, bien entendu, essentiel.

Par ailleurs, je voudrais ajouter une dernière chose à laquelle j'aimerais que vous réfléchissiez. La puissance qu'a connue

145

votre père, cette forme de puissance qui fut la sienne pendant la guerre, la puissance de l'argent, il faut que vous songiez à la façon dont elle a pu s'exprimer après la guerre, entre autres avec vous. Je veux dire qu'il existe un éros de la domination, de la puissance, ne négligez pas ce point non plus.

Hortense marchait les yeux rivés au sol. Elle ne pleurait pas. Il faisait doux, cette douceur de mai dont l'air regorge jusqu'à l'écœurement. La scission s'était produite. L'hémorragie commençait. Elle irait jusqu'à la clarté. Horsita souffrirait, sa petite Horsita, toujours égarée et par ses irresponsables soins. Qui avait-il été à vingt ans en endossant l'uniforme des SS ? Qui avait-il été quand il l'accompagnait dans la pénombre du cinéma Mac-Mahon ? Le même, le même !

« Je te jure Adolf Hitler, Führer et chancelier du Grand Reich, fidélité et bravoure, je fais vœu d'obéir jusqu'à la mort à toi, et aux chefs par toi désignés. Que Dieu me soit en aide. » Sur leur boucle de ceinturon : « Mon honneur s'appelle fidélité. »

Elle revoyait le couteau brillant des Jeunesses hitlériennes, rouge, blanc, noir, sur le rebord de la bibliothèque.

— Tiens, ils sont toujours fermés le jour du Yom Kippour...

— Est-ce que les Juifs pourraient cesser de nous emmerder avec tout ça, ceux qui parlent aujourd'hui n'ont rien vécu, ils mentent, sais-tu comme ils mentent ?

Nous apprîmes année après année qu'il existait des Juifs, d'autres qui étaient des seigneurs, nous étions de cette race.

— Comment s'appellent-ils ?

Alors si ces derniers avaient de ces noms aux connotations qu'il disait juives, Papa d'un geste, quelle douleur que ce geste, Papa d'un frottement rapide de ses doigts sur son nez,

— Ils ne sont pas un peu...

les trois points de suspension...

— Ah, si je m'étais davantage intéressé à l'argent, je me suis bâti tout seul, les Juifs, eux, se serrent les coudes.

— Je pense que les Juifs ont terriblement poussé à la guerre en 40. Terriblement, parce que c'était dans le sens de leurs intérêts.

— Comment s'appelle-t-il ? Lévi, son père est sûrement un Juif italien dans le textile. Hortense, il ne faut pas sortir de sa caste.

François la laissait nue, couchée au fond du couloir, écrasée par l'absence de preuves.

Cher Papa,

Aujourd'hui je prends le risque de cette lettre parce que je ne peux plus vivre dans une telle incertitude. Que tu aies collaboré, j'en ai la certitude depuis toujours, comme une vérité qu'il me fallait payer parce que la société entière me le demandait, parce que *je* me le demandais. Tu t'es donc engagé dans la Waffen SS, tu t'es engagé aux côtés de l'Allemagne. Je finirai par tout savoir un jour. J'interroge l'Histoire, j'interroge les textes, je voudrais comprendre comment le même homme peut être collaborateur à vingt ans et mon père aujourd'hui. Cette question m'effraie. M'effraie aussi cette notion de héros. Si la guerre avait été gagnée par les Allemands, les collaborateurs seraient aujourd'hui nos héros. Mais le seraient-ils ?

Quels auraient été mes choix à l'époque ? Je n'en sais rien, il me semble trop simple d'en juger. Mais je ne peux pas supporter tes discours. Tu es fidèle à tes convictions, c'est une qualité pourrait-on dire. Mais il y aurait eu une grandeur à ce que tu reconnaisses t'être trompé. Oh oui, comme tout en aurait été différent.

Pourquoi ai-je toujours voulu savoir ? Pourquoi me suis-je doutée de tant de choses ? Ne pourrais-je pas tenter de penser cela au lieu de m'y noyer...

Je voudrais te parler de Bertolt Brecht, Papa, c'est un Allemand que tu ne connais pas, il était d'un autre voyage. C'est lorsque l'on a pardonné à ses parents que l'on commence de grandir, écrit-il. Est-ce que je te pardonne ? La question est fausse et mal posée. Te pardonner quoi et comment ? Et dire que nous n'avons jamais parlé de tout cela ensemble. Je crois que je te l'ai reproché en silence très longtemps, je t'ai reproché de ne pas m'avoir dit, à moi, ton passé, simplement. Mais peut-être as-tu redouté d'en parler, peut-être craignais-tu d'être jugé une deuxième fois, et par ton propre enfant ? Tu es mon père Papa, et l'Histoire ne peut pas grand-chose à cela.

Tu es là, tu te débrouilles avec la difficulté de vivre, de supporter le tragique de l'existence, de la mort. Je suis comme toi. Mais il y a le doute. Puisse cette lettre faire tomber les masques et que nous commencions de parler.

Hortense.

— La vie du Juif traqué, je l'ai connue moi aussi !

Début mars 1943

J'ai acheté un vélo, c'est plus tranquille que le métro. Des rafles ont commencé pour le service du travail obligatoire. Madame R., elle, s'est fait rafler parce que Juive. Et ce, malgré son titre d'Aryenne d'honneur que nous lui avions obtenu.

17 mars 1943

Je reçois énormément de convocations. Je passe une quantité de visites médicales devant les médecins français à qui j'essaye d'expliquer que je fais de la tachycardie. Je bois beaucoup de cognac pour cela. Ils ne m'ont pas parlé du fait que j'étais circoncis. Ils ont dû voir que ce n'était pas fait comme les Juifs, de façon sauvage.

26 mars 1943

J'aurai vingt-trois ans demain et la police française est encore venue s'inquiéter de mon existence à la Bourse du commerce. Ce crétin de Roger les a rassurés en leur signalant que je travaillais bien ici. Il a ensuite appelé mes parents pour leur raconter que la police française me recherchait. La relève, le service du travail obligatoire. Non, merci. Je n'envisage pas de répondre favorablement à leur aimable proposition. Je songe à partir en Afrique du Nord. J'ai trouvé le contact d'un passeur par Jean. Je lui apporte une grosse somme d'argent demain dans un rez-de-chaussée du septième arrondissement.

12 avril 1943

Le passeur du septième a disparu avec mon fric. Si je lui mets la main dessus ! J'ai fini par rejoindre Marseille pour rencontrer un certain Maurice, ami du fils de la patronne de *L'Avenue*. Je suis à l'hôtel sur la

150

Canebière. Les Allemands ont fait sauter le Vieux-Port en février. C'est toujours assez tendu, j'ai un rhume à décorner les vaches. Il n'y a rien à manger. Comment avez-vous trouvé l'entrecôte, dit-on ici ? Difficilement sous une feuille de salade.

5 mai 1943

Trouvé Maurice qui me conseille de remonter à Paris. C'était bien la peine !

18 mai 1943

Paris. Je ne vais plus à la Bourse du commerce. Je pars demain pour la Normandie grâce à un autre contact du restaurant *La Porte,* cette fois. J'ai réussi à me faire affecter dans les mines. Mon métier de chercheur de fond consiste à descendre entre trois et quatre heures du matin avec un petit outil de façon à gratter le charbon et à le mettre dans les wagonnets.

7 juin 1943

Le métier de mineur n'est pas fait pour moi. D'autant que les Allemands bloquent aussi les puits de temps en temps. Je dois trouver autre chose.

8 juin 1943

J'ai fait envoyer un télégramme par Papa et Maman, qu'ils me rappellent d'urgence pour raisons familiales. Me voilà donc de retour à Paris. Et maintenant j'ai la gendarmerie française sur le dos qui voudrait savoir pourquoi je ne reviens pas dans les mines.

Septembre 1943

Je suis rentré, grâce à Jean, en contact avec le Parti communiste qui a trafiqué mes papiers. Je m'efface. Je ne prends plus le métro pour éviter les rafles. Au contraire, je bois régulièrement un verre au Cercle européen, cercle de collaboration intense, et ce grâce à mon ami Jacques. C'est le plus sûr endroit pour prendre un verre tranquillement. Ici, pas de rafles.

Octobre 1943

Tous les chevaux ont été réquisitionnés. Les miens aussi. Je ne monte plus. Cela me manque. Je fréquente beaucoup Jean et le suis dans ses diverses planques. Nous habitons, pour l'instant, un atelier d'artiste où il fait un froid de canard. J'ai une sinusite terrible depuis quinze jours. L'endroit est précieux : on peut s'y échapper par les toits. Il y a là une quinzaine de jeunes gens. Le fils de la concierge est acquis à ceux qui ont des problèmes. Il est flic. Hier soir, orgie de pommes de terre au beurre.

5 février 1944

Il ne faut jamais jouer avec le destin. Je pense au télégramme envoyé par Papa et Maman lorsque j'étais dans les mines pour de graves raisons familiales. Papa est mort hier. Je vais vivre avec Maman.

6 juin 1944

Je suis allé à la Bourse du commerce pour la première fois depuis très longtemps. Jean m'a téléphoné. Ils débarquent depuis ce matin trois heures.

19 août 1944

L'insurrection a commencé à Paris. Il n'y a plus rien, ni ravitaillement, ni moyen de transport, la vie s'est quasiment arrêtée, ça fusille dur.

22 août 1944

Paris est inondé de drapeaux français. Les communistes ont rompu la trêve. La Libération est sans doute en train de leur échapper politiquement.

23 août 1944

C'est invivable. Il fait pourtant un temps radieux.

24 août 1944

Je suis, heure par heure au téléphone l'avancée des armées. La radio ne fonctionne plus.

Neuf heures du soir : toutes les cloches de Paris ont carillonné ensemble. C'était une minute extraordinaire. Je n'oublierai jamais ça, je suis bouleversé.

26 août 1944

Ce grand con de Charles de Gaulle a descendu les Champs-Élysées. C'est la liesse.

Octobre 1944

Ma mère et la sienne manquant de ravitaillement, nous avons décidé avec Jean de nous faire envoyer en Belgique pour trouver des vivres. Jean faisait partie des milices patriotiques communistes. Nous avons pu obtenir un ordre de mission falsifié pour Bruxelles. C'est mon premier voyage en Belgique.

Octobre 1944

Nous sommes redescendus avec la voiture pleine de lapins toujours vivants. Nous avons eu la trouille qu'ils soient découverts. Cela ne faisait pas très sérieux.

Octobre 1944

Grande fraternité quotidienne, mais aussi grande injustice.

Voilà Hortense, mes carnets s'arrêtent là. Je me souviens que les temps ont été un peu chahutés par la suite. Puis il a fallu reprendre une vie, disons, plus normale. Maman est morte quelques années plus tard. Ce fut difficile. J'aimais beaucoup ma maman. J'ai commencé à tenir un autre

155

journal lorsque je me suis marié. Je l'ai toujours. Mais j'imagine que cela t'intéresse moins. Tu vois que tout cela est assez loin de l'uniforme SS et de la division Charlemagne. Si j'avais fait, ne serait-ce que le quart de ce dont tu parles...

On ne peut pas supporter deux fois le même crime, cette double falsification qu'il avait organisée, en se taisant d'abord, en racontant une autre histoire ensuite. Ainsi, il continuait de nier jusqu'au bout, de minimiser ses actes, d'en inventer d'autres. Ainsi, il avait tapé à la machine cette preuve inventée de toutes pièces, son carnet soi-disant abîmé ayant été soi-disant perdu dans les déménagements. Mais il se trahissait jusque dans son mensonge même,

Si j'avais fait, ne serait-ce que le quart de ce dont tu parles...

car il laissait mourir la phrase toute seule, trois petits points de suspension qui trahissaient les trois autres petits points de suspension d'autrefois,

— Ils ne sont pas un peu...

oui, ils étaient là de nouveau, narguant atrocement le souci d'Hortense de faire taire le bourdonnement du mensonge,

156

Si j'avais fait, ne serait-ce que le quart de ce dont tu parles...

eh bien, eh bien quoi, c'était à elle d'imaginer,

Si j'avais fait, ne serait-ce que le quart de ce dont tu parles...

avec cette intonation particulière, elle la reconnaissait, mais laquelle?

Si j'avais fait, ne serait-ce que le quart de ce dont tu parles...

eh bien j'aurais été un grand homme, j'aurais pu enfin être à la hauteur de mon ambition, cette idée que je me faisais de moi-même, j'aurais enfin été en accord avec mes pensées et mes actes, au lieu de quoi, au lieu de quoi...

Toutes ces phrases qui ne prendraient jamais fin, c'était cela l'intolérable, l'horreur possible qui s'immisçait dans ces trois tout petits points de suspension, ces petits points qui recouvraient des abîmes, des puits sans fond dans lesquels Hortense allait se noyer, s'effondrer dans la honte,

(il y eut tant de honte endurée à la place de ceux qui n'eurent pas le courage de la porter) dans la honte, la même qui la faisait se recroqueviller au fond du siège, quand, après la messe, il passait en voiture devant la foule des bourgeois catholiques bavardant sur le parvis des pauvres qu'ils auraient à plaindre, et criait à tue-tête par la fenêtre ouverte le nom de cet abominable politicard, dont elle ne voulait se rappeler, oui, du plus loin qu'elle s'en souvenait, il lui semblait qu'elle avait toujours eu honte, de lui d'abord, puis de sa mère,

(complice et lâche, deux fois lâche)

de sa mère qui refusait de voir et d'entendre les serpents qui circulaient entre les interstices de cette ponctuation malade, ces trois points de suspension qui rythmaient la narration diabolique, car les discours elle ne les avait pas rêvés, bien entendu, au contraire, et ils continuaient d'exister, purulents, pendant des repas entiers et très longs, ses mots,

— Heil Hitler!

qui avaient écrasé son crâne dans l'enfance tranquille, accompagnés des marches militaires sur le pick-up du salon, ses mots, cette narration meurtrière qui avait conduit à une catastrophe mais c'était une catastrophe sans éclat. Les plaques tectoniques de son moi s'étaient entrechoquées

158

provoquant une sorte de glissement de terrain irrémédiable qui l'avait conduite au pays des gueux, des moins que rien, dans l'infâme gourbi à manger des *frijoles* sur un réchaud à gaz, dans cette chambre au premier étage, il y avait un vrai lit, sans drap, et le hamac à la corde déjà usée, qui ne tiendrait pas quinze jours, dans cet infâme gourbi à boire un café chaud, et elle vit deux troncs d'eucalyptus squelettiques dans le soleil.

Comment avait-elle pu croire un instant qu'elle pourrait vivre comme les autres, l'idée même d'avoir envisagé cela la faisait sourire avec pitié maintenant. Les autres non plus n'avaient jamais envisagé de vivre comme leurs semblables.

Nous sommes tous sur la tapisserie Horsita, tu étais ce fœtus agonisant, animal sanguinolent que je ne pouvais attraper d'aucun côté sans lui faire mal de façon effroyable, écorchée dans ta peur intérieure, jusqu'au sang, et ce sang, et ce mal, c'est moi qui les ai provoqués. Oh ta patience, Horsita, je pleure sur ta patience. J'ai éprouvé avec toi la jouissance des bourreaux. Le temps comme un magma s'est fondu en une seule heure compacte. Je te raconterai Horsita, ce grand voyage que j'ai entrepris, où il me fallut rebrousser chemin, car il n'y avait pas de chemin, de chemin ni de route. Oh Horsita, tu ne connais pas cette vaste indifférence absolument terrible qui monte lentement quand trop d'élans, de tentatives ont été bafoués. Je m'enfonçais sur la route, et au fur et à mesure, la terre humide et noire s'amoncelait derrière moi. Je cherchais la lumière, je cherchais la vérité, et dans ma quête il faisait de plus en plus sombre. La terre s'amoncelait, qui me cachait le ciel. C'est atroce, sais-tu, de ne plus pouvoir souffrir ! La terre recouvrait mes pas, mon souffle mais c'était mon chemin, mon chemin. Il n'y avait pas de chemin, ah quelle beauté !

Je ne suis pas sûre de sortir vivante de toute cette vie. Prostrée des heures au milieu des arbres, j'attends je ne sais quelle délivrance, je sais maintenant qu'il existe un autre monde, les yeux baignés d'eau, le crâne inondé de flotte jusqu'au cortex, jusqu'à l'occiput. Je t'attendais Horsita, j'attends tes pas légers, heureux et libres, tes pas libres sur les marches de l'église. Je te verrai arriver, tu poseras ton regard joyeux sur mon pauvre visage, il n'y aura ni pitié ni tristesse car tu sauras en moi cette douceur douloureuse d'avoir renoncé au monde.

Octobre 1944

Grande fraternité quotidienne, mais aussi grande injustice.

Voilà Hortense, mes carnets s'arrêtent là... Tu vois que tout cela est assez loin de l'uniforme SS et de la division Charlemagne. Si j'avais fait, ne serait-ce que le quart de ce dont tu parles...

160

(on ne peut pas supporter deux fois le même crime, cette double falsification)

En relisant ces pages, ce soir, avant de te les donner, j'éprouve la nostalgie d'une grande insouciance. Comme j'étais léger, alors, comme les choses étaient simples. Et que de mensonges par la suite sur cette guerre et cette Occupation. Quand on pense que Sacha Guitry fut embêté lui aussi.

(lui *aussi*, comme toi tu veux dire, c'est bien cela, lui *aussi, aussi* comme toi?)

Alors que? Qu'avait-il fait? Il avait continué d'exercer son métier comme tout un chacun. Sauf qu'il n'était pas boulanger. Après, tout s'est embrouillé car d'un seul coup il y a eu les bons et les méchants, ceux qui avaient toutes les qualités et ceux qui avaient tous les défauts. Or, cela ne s'est pas passé comme ça. Beaucoup de gens ont fait leur carrière sur la Résistance. Ils en ont tiré pas mal de fric. Tant qu'ils seront au pouvoir, la vérité ne sortira pas. Hélas, je ne verrai pas leur chute.

Ils furent nombreux à attendre des lendemains qui chantent. Ils ont chanté faux les lendemains. Quel dommage. Ce n'était vraiment pas la peine de voir tant de gens mourir. Je voudrais terminer par un poème d'Aragon, qu'il n'a pas signé de son nom, évidemment :

Je vous salue, ma France, arrachée aux fantômes !
O rendue à la paix ! Vaisseau sauvé des eaux...
Pays qui chante : Orléans, Beaugency, Vendôme !
Cloches, cloches, sonnez l'angélus des oiseaux !

Je vous salue, ma France aux yeux de tourterelle,
Jamais trop mon tourment, mon amour jamais trop !
Ma France, mon ancienne et nouvelle querelle,
Sol semé de héros, ciel plein de passereaux...

Je vous salue, ma France, où les vents se calmèrent !
Ma France de toujours, que la géographie
Ouvre comme une paume aux souffles de la mer
Pour que l'oiseau du large y vienne et se confie !

Je vous salue, ma France, où l'oiseau de passage,
De Lille à Roncevaux, de Brest au Mont-Cenis,
Pour la première fois a fait l'apprentissage
De ce qu'il peut coûter d'abandonner un nid !

Patrie également à la colombe ou à l'aigle,
De l'audace et du chant doublement habitée !
Je vous salue, ma France, où les blés et les seigles
Mûrissent au soleil de la diversité...

Je vous salue, ma France, où le peuple est habile
A ces travaux qui font les jours émerveillés
Et que l'on vient de loin saluer dans sa ville
Paris, mon cœur, trois ans vainement fusillée !

C'est beau non, et tout ça pour quoi ? Mais parlons d'autre chose. Comme j'ai aimé mon pays la France, hélas, c'était il y a longtemps.
  Papa.

162

— Gagel Henri, vous connaissez ?

— Quel camp ?

— Le mauvais !

— S'il y a quelque chose à trouver, je trouverai.

Une preuve ? Aucune, pas le moindre adminicule mais les mots tapés à la machine, une photocopie sur un banal papier blanc si loin de la trace d'encre qui aurait imbibé le papier de 1940, jauni, friable presque, mais probant, qui aurait fait preuve, tandis que,

> J'avais retrouvé un carnet vert, il y a quelques années, qui contenait mon journal pendant la guerre lorsque j'avais vingt ans. Le papier en était usé et mon écriture difficilement lisible. J'ai donc, à l'époque, tapé à la machine l'ensemble du texte, puis égaré le carnet dans les déménagements.
>
> En raison de ta lettre, je me suis décidé à t'offrir la photocopie de ces feuilles comme cadeau de Noël.

Et il aurait donc, quoi ? Il n'aurait à son actif rien d'autre que cette activité moyenne qui était de faire simplement de l'argent avec n'importe qui, c'est-à-dire n'importe comment, et rien de plus ? Il n'aurait rien fait de ceci ou de cela mais été simplement tout au plus un commerçant, c'est-à-dire qu'il aurait profité de la situation, de cette situation particulière de la guerre, et de cette guerre particulière, parce que c'est le propre même des commerçants que de profiter des situations, en particulier lorsque celles-ci s'offrent *juteuses*, c'est ainsi que parlent les commerçants, *juteuses*, oui, comme l'aurait fait, et l'a fait, n'importe quel commerçant pendant n'importe quel temps de guerre, et rien de plus? Son crime n'aurait été rien d'autre que de commercer avec l'ennemi, et encore, pas directement. C'est-à-dire qu'il n'aurait été qu'un petit commerçant, un vulgaire petit commerçant et rien de plus? Mais alors les portes des wagons du métro se refermant ne devaient pas lui faire entendre les portes d'autres wagons, alors ce ne pouvait être ce bruit à ses oreilles trompées, alors il n'y aurait plus entre son père et elle six millions de Juifs assassinés, alors elle serait seulement la fille d'un homme médiocre, juste un petit commerçant qui s'était arrangé pour bien se débrouiller pendant la guerre, comme on dit, en vendant de l'alfa à l'ennemi pour ses filets de camouflages? Tout comme ceux qui n'ont rien à cacher et entretiennent le mystère pour se donner de l'importance, il aurait...

(— et toi qu'as-tu fait pendant la guerre ?

— J'ai vécu, comme tout le monde)

Mais il y avait eu pourtant, entre elle et lui, six millions de Juifs assassinés, quand elle avait eu dix-huit ou vingt ans, c'est-à-dire l'âge exactement qu'il avait eu au moment de la guerre, et que faire quand il y a six millions de Juifs assassinés, et s'il ne les avait pas tués de ses mains, c'était aussi à cause d'hommes comme lui que de telles choses avaient pu avoir lieu, que la bête ait l'espace et le temps de vivre. Car les discours putrides elle ne les avait pas rêvés et pendant des repas entiers et très longs.

Si bien que lorsque François avait dit la vérité, elle lui avait semblé parfaitement naturelle, tant les faits s'accordaient soudain avec les mots, et qu'en conséquence, par sa langue, il était de toute façon responsable de la mort de six millions de Juifs, tout comme elle se sentait le devoir de payer pour un crime qu'elle n'avait pas commis, car il n'y avait eu personne pour lui demander de payer, mais personne non plus pour lui dire qu'elle était innocente, les gens se gardent bien de cela, alors même que les parents de ses petites amies étaient tous de jeunes cadres sportifs, sportifs, pas sûr, mais jeunes, jeunes et jamais, au grand jamais, ils

n'auraient eu vingt ans en ce printemps 40,
peut-être quatre ou cinq, peut-être dix même,
mais vingt, jamais, et dans ces dix ou quinze
années d'écart quelle différence de destin, car
de fait ils n'auraient pu, aucun d'entre eux,
avoir l'âge qu'Henri avait à cette époque,
cette époque où il s'était engagé dans la Waffen SS et tous les chants militaires résonnant
dans l'immense appartement de l'avenue de
Friedland, tous les chants militaires lui reve-
naient en mémoire, et les baisers toujours
manquants et ses deux doigts sur son nez, les
trois points de suspension, surgissaient de
nouveau dans un maelström de sensations
nauséeuses où venait se fondre, se diluer, la
conscience naissante, que peut-être, mais
cela lui semblait tellement invraisemblable,
peut-être François avait menti,

(— c'est parce que François était juif, que
tu as commencé de lui faire confiance)

mais l'ébauche de ce nouveau mensonge,
à savoir que François pût avoir menti,
l'ébauche de ce tout dernier petit veau que
la vérité aurait mis bas, l'ébauche de cela
dans son esprit mettait en mouvement une
telle douleur, un tel dégoût de l'humain,
qu'elle n'osait pas tout à fait envisager de le
prendre dans ses bras, qu'elle reculait
même face à ce petit veau vagissant dans le

fond de sa conscience, qui semblait se tordre, et gémissait dans un effort désespéré pour se tenir droit, ce petit veau qui aurait alors crucifié d'un seul coup tous ses frères, toutes ces autres vérités qu'Hortense avait l'une après l'autre tenté d'assimiler, tous ses frères crucifiés d'un coup en même temps qu'elle-même, car elle comprenait au même instant que si François avait menti, mais bien sûr, ce n'était pas humainement supportable, si François avait menti, cela signifiait que son père n'avait pas fait ceci ou cela, et qu'en conséquence elle avait été sa fille *et* son juge, sa fille des années torturée entre son amour et son secret, son juge, son juge qui, par écrit, l'avait accusé d'avoir porté l'uniforme allemand.

Que tu aies collaboré, j'en ai la certitude. Tu t'es donc engagé dans la Waffen SS?

Alors il n'aurait pas été ce kaléidoscope aux couleurs de l'abject mais ce simple petit commerçant sans envergure, un vulgaire opportuniste dans ce temps particulier de la guerre et de cette guerre particulière? Quand François avait dit la vérité, Henri était devenu *quelqu'un* aux yeux d'Hortense, *quelqu'un* d'affreux certes, mais *quelqu'un*.

De l'existence, en un soir, il lui en donnait plus qu'elle n'en aurait jamais.

Elle mesurait au même instant cette horreur en elle-même d'avoir préféré qu'il fût *quelqu'un* justement, *quelqu'un* plutôt que personne, *quelqu'un* plutôt que ce petit commerçant en temps de guerre, et si François avait menti, mais bien sûr, ce n'était pas humainement supportable, c'était donc elle, dans cette nouvelle vérité vraie, qui était à son tour abominable ! Elle découvrait ainsi l'émergence de ses propres crimes, le crime d'avoir jugé puis, sans preuve, d'avoir condamné, le crime d'avoir nié la vérité qu'Henri avait bien voulu lui confesser, le crime d'avoir *aveuglément* fait confiance à François, ce qui signifiait peut-être, qu'elle avait espéré, désiré cette vérité mensongère, que c'était elle et elle seule qui aurait échafaudé l'ensemble de cette construction malade,

— Gagel Henri, vous connaissez ?

— Quel camp ?

— Le mauvais !

alors que le téléphone restait désespérément silencieux, (Horsita, oh, ma peine), si bien qu'écrasée par l'absence de preuves, de toutes les preuves, des preuves de Pierre, mais surtout, surtout des preuves de François, elle avait téléphoné à sa tante, cette tante qu'elle ne voyait plus parce que la vie s'était trop confusément embrouillée, cette tante à la voix d'oiseau au bout du fil, d'un oiseau à qui l'on aurait volontairement serré le cou, (couic), et qui articulait dans son angoisse, qui articulait :

— François a disparu depuis un mois, je n'ai aucune nouvelle,

qui articulait ce qui devenait dans la gorge d'Hortense des mots inarticulables (couic),

— Mais disparu comment, pourquoi ?

— Je l'ignore, j'ai perdu toute trace, il ne s'est pas rendu à son travail, la police ne trouve rien.

disparu, (couic), dans sa gorge, l'inarticulable, reprenant le téléphone,

— Pierre, j'ai besoin de vous.

— Je n'ai rien trouvé encore mais je dois consulter certaines listes le mois prochain.

(serait-il sur les listes de ceci ou de cela, enfin des preuves)

— Écrivez-moi à Turenne si vous avez quelque chose,

à Turenne où écrasée par l'absence de preuve, elle était allée réfugier ce qu'elle était devenue, cette chose malade, enfermée à Turenne, bien avant de partir pour l'infâme gourbi qu'elle envisageait enfin de quitter pour ce morceau de beauté dont Samuel lui avait parlé, par-delà le fleuve, cette beauté qu'il lui faudrait peut-être rejoindre en bus, un autre bus que le bus du matin, alors qu'elle venait de remonter dans sa chambre pour faire ses bagages, d'embrasser la petite prostituée brune et son ventre et ses seins, de payer sa dernière assiette de *huevos y frijoles*, à Turenne qu'elle avait atteint en bus, de Brive-la-Gaillarde, après avoir passé une nuit à l'Hôtel Terminus dont le charme désuet l'enchantait, à Turenne où elle reconnut son village, la trace de ses pas, la virginité de ses rêves, à Turenne, dans cette bâtisse charnue sur la place principale, cette maison à vendre et par elle louée pour un mois, quatre semaines retirée à Turenne, où elle attendait la lettre hypothétique de Pierre, les preuves de Pierre, cette lettre qu'elle tenait maintenant dans ses petites mains de vieille squaw, qu'elle tenait serrée contre elle dans le vent moyenâgeux de Turenne, en gravissant la pente, qu'elle se décida à ouvrir d'un seul coup alors qu'elle passait devant l'église, « Unus Dominus Una Fides Unum Baptisma », qu'elle pénétrait dans l'église de Turenne (allumer deux cierges, non trois), qu'elle lut debout dans la nef de Turenne, Chère Hortense, debout, j'ai le bonheur de vous apprendre que votre père, debout dans la nef, que votre père ne figure sur, debout dans la nef de Turenne, que votre père ne figure sur aucune des listes des Waffen SS français, debout dans la nef de l'église de Turenne, en conséquence, tout ce que vous a dit votre oncle par alliance, François, peut être remis en question. — Disparu depuis un mois, je n'ai aucune trace, et le journal de votre père me paraît véridique, — aucune nouvelle, nous fêterons cela ensemble lorsque vous serez de retour à Paris. Ci-joint photocopie. Cela n'a pas été sans difficulté mais je suis content. Permettez que je vous embrasse. Bon séjour à Turenne. Sincèrement. Pierre.

Elle tomba à genoux sur les dalles le ménisque fendu par la peine.

C'est là toute une vie que de rencontrer le mensonge quand pour la première fois on s'entiche de la vérité.

Ma prière se tord, flammèche inutile dans la nuit, impuissante à embrasser la terre, le ciel et les peines, impuissante à apaiser tous les chagrins que vous portez chacun, ma prière se tord, inhumaine dans la nuit comme un nerf assailli par le feu, je suis une cathédrale en ruine, la pierre est froide et innocente qui accueille mes genoux, oh, sur la dalle, j'ai retrouvé cette miséricorde inassouvie, ma royauté non couronnée, sacrifice de mes rires, je m'étais approchée les pieds nus sur la dalle, au fond la rougeur indistincte du mystère, les bancs crissaient, par le temps écartés dans leur bois, alors je suis tombée à genoux sur la dalle, dans le silence d'un après-midi de printemps, le ménisque broyé par la chute, et j'ai ruisselé dans mes larmes sur cette impossible jouissance, j'ai pleuré mon impossible croyance, désormais, mes bras trop petits, écartelés, mis en croix, incapable d'embrasser l'univers, de tordre les flammèches, j'avais cherché le déploiement qui serait l'ouverture extatique, ah mes sanglots retenus, mes pleurs de bête incapable de grandeur, cette limite de l'été de l'être, j'ai eu soif d'embrasser l'absolu, et Dieu, que j'aurais tenu dans mes bras, câline, dans une consolation miraculeuse, j'ai vu les cierges allumés et rien dans mes mains, aucune lumière dans le noir de mes nerfs, j'aurais voulu cette bénédiction tardive, cette explosion de torrents, de liquides, cette jouissance de sainte maintes fois convoquée, les pas de mes soifs m'ont reconduite sans cesse vers le même édifice, oh ma vérité, je suis tombée sur la dalle de l'église de Turenne, le bloc moyenâgeux du temps surplombait ma cène, Dieu m'est inaccessible, cette jouissance laiteuse à jamais interdite, parce que je ne crois plus en l'homme, je suis à genoux sur la pierre, mon visage ruisselant, ma soif bandée, mais Dieu ne s'irrigue pas, rien ne se déploie, mon corps sur la pierre innocente, mes pieds nus sur la dalle je ne crois pas, je ne meurs pas, je ne meurs pas de ne pas croire et je meurs de n'en pas mourir, ma prière se tord, inutile flammèche dans la nuit, je n'ai plus confiance, Unus Dominus Una Fides Unum Baptisma, ô Horsita, ô ton sang, ô ta chair, tes bêtes anonymes, ton œil mouillé de blanc, les aubépines sur ta couenne, broyée dans mes mains, les impossibles clous, je voulais embrasser le monde, oh ces touffes de fleurs jaunes sur mon pull lilas, au milieu des éclats de morve et de larmes séchées, ce petit lac transparent qui brille dans la pénombre éclairé par les cierges, mon cœur s'agenouille dans l'air, colline verte, lilas de printemps luisants et tendres, la douleur me transperce, la foi ne viendra jamais, humble, recroquevillée, je suis tombée, chaton de rien éventré sur le sol, ma tête brûlante posée sur les dalles polies j'ai espéré me noyer dans les fleuves, j'ai bu le vin paillé qui mord les dents comme les grappes de la vigne trop jeune, le vin paillé dans ma bouche, qui brûlait mes aphtes, cette muqueuse malade, trop espérante, j'ai revu l'église, l'herbe verte, le cimetière, un copeau de ma chair est resté à Turenne, c'est atroce de pleurer sans les larmes Horsita, c'est atroce cette soif qui ne jouit jamais, ces veines de la croyance qui ne s'irrigueront plus, Turenne, j'ai reconnu là mon village, la trace de mes pas, la virginité de mes rêves, la maison était à vendre, charnue sur la place principale, je m'étais retirée à Turenne, j'ai perdu espérance à Turenne, je me suis suspendue à Turenne, je me suis séparée à Turenne, je me suis subdivisée dans la fraction mathématique de ma conscience, cette racine carrée de moi-même, alors que, à genoux dans la terre, j'ai pleuré ce que je suis, j'ai pleuré l'homme, j'ai pleuré l'herbe et la pierre, le sang et la sève, les ventres nus gonflés d'espoir, les crânes découverts inondés de joie, alors je t'ai vue Horsita, je t'ai vue debout au fond de l'église, j'ai béni ma peine et ma honte, j'ai béni mes genoux durs et froids sur la dalle, je t'ai vue, mes bras se sont ouverts à toi, alors Horsita, tu as couru vers moi dans la nef et j'ai vu ton sourire immense pour la première fois, nous avons dansé au milieu des cierges dans l'église de Turenne, j'ai senti tes mains dans les miennes, tu m'attendais Horsita, toi qui gémissais dans le fond du plasma, il y eut si peu de jours innocents pour toi, si peu de jours d'ignorance, c'est si loin qu'il m'a fallu t'aller chercher, oh ces premières cellules qui ignoraient la mort, qui furent le bien vivant, cette chose immense et fragile, cette ignorance du mal aussi étonnée de recevoir des coups que le chiot sur sa tête la canne, tu étais ces premiers jours de vie, avant même que de naître, avant les aiguilles à tricoter dans le con de ma mère, lorsqu'elle était enceinte, lorsqu'elle ne savait pas que tu allais grossir, ce temps d'avant les mots, avant même que ce mot de mort soit prononcé, ce premier projet qui fut posé sur toi, sur moi, ce temps où nous vécûmes hors du langage, ce temps où les mots n'avaient rien à voir avec toi, avec nous, où la langue était encore innocente car ignorée, c'est jusque-là oui, qu'il m'a fallu t'aller chercher, bien avant l'enfance, bien avant ma naissance, cette chose Horsita que tu es, qui n'avait pas encore éprouvé le mal, qui n'en avait pas encore fait, premières cellules innocentes et conscientes avant l'Organisation, ces sensations d'alors que tu croyais définitives, quand tes soifs archaïques ne craignaient pas d'être un matin insatisfaites, ces cris qui furent les tiens à ta découverte qu'il ne viendrait rien, que rien ne serait assez pour cela, ce temps qui t'a fait espérer, tous ces appels qui s'en sont suivis et qui furent à jamais dans le silence, dans le froid, *cela*, il y a *cela* en chacun d'entre nous, y compris chez le pire d'entre nous, il y a cette soif archaïque d'être aimé, de ne pas mourir, de vivre, oui, cette soif archaïque qui s'oppose à la mort, pour tous ceux qui sont nés, qui ont eu finalement ce courage-là de naître, ils ont connu cela, tous, cette quête-là je te la dois parce que c'est à toi que je dois d'avoir survécu à Turenne sans amertume, car je t'ai vue Horsita, debout au fond de l'église et ton sourire immense a ravagé mes soifs, Horsita, je prêcherai pour toi, pour cette innocence sans nom dont tu témoignes, toi qui circules dans toutes les veines du monde, toi que chacun porte tout au fond de soi, je vivrai pour toi, Horsita, dans les plis de l'amnios tu ignorais le mal, cette force du bien qui était là, Horsita, ma petite Hortense, oh l'Horsita du monde, je boirai les vins qu'il faut pour tenir, pour tes rires fous, ta troïka de Jésus-Christ, je saurai te prendre dans mes bras et t'appeler par ton nom, t'embrasser mille fois à la nuit pour que tu n'aies plus peur, mes mains qui t'ont torturée t'apprendront la douceur, tout s'est finalement dissous si radicalement, mais toi, j'halète, ils ne te sépareront plus de moi, je t'ouvrirai les portes, nous partirons ensemble, il y aura des grelots aux oreilles des chevaux, nous disparaîtrons dans le soleil, Horsita mon adorable, tu étais cette candeur fervente, cette anarchie vivifiante, je te serrerai dans mes bras, mes deux mains se refermeront sur toi, sur moi, toi qui fus le meilleur de moi-même, toi dont la confiance se renouvelle sur les pires fumiers, je te choisis, je te choisis parmi toutes les possibilités qui me sont offertes dans l'existence, je choisis ton idiotie, je prêcherai ta joie, je choisis ta tendresse, oh non pas de ces tendresses officielles, non, je choisis cette tendresse souterraine et diffuse, fragile et impalpable que j'ai tant appelée, que tu as toujours appelée en moi, toi qui eus soif aux premières heures avant même que de naître, toi qui comme en moi appelles en chacun, je te choisis contre tout, contre tous, je choisis cette part de moi-même inconsidérée et considérable, cette chose lointaine et archaïque, cette part confiante et farouche qui ignore ma propre laideur, qui ignore la volupté du mal, je parie sur ce choix, quand bien même tout serait contre, quand bien même tout est contre comme aujourd'hui, l'Histoire même est contre toi, Horsita, l'Histoire n'en finit pas de désirer ta mort, ils réclament tous ton meurtre, mais je me battrai, contre ceux qui sacrifièrent l'Horsita du monde à Auschwitz, dussé-je en crever de mauvaise façon, et ce jusqu'à ma mort, la mienne, qui t'avalera tout à fait mais restera, Horsita, la trace de ce combat, restera l'infime et ridicule trace de ma foi en toi, de cette puissance que nous aurons été un jour, ils riront, cela n'a plus d'importance, je sais déjà leur discours, je sais déjà leur cynisme, mais il m'importe peu, je ne cesserai de te choisir, quand bien même cela devrait réduire mon existence à l'objet d'un ricanement, car c'est là qu'est ma puissance, c'est là qu'est ma beauté, parce que tu es ce qui me rend accidentellement vivante, je t'inventerai des paradis d'un instant, des rires qui durent, la valeur de mon choix, Horsita, vient de ce que j'ai connu l'extrême compréhension, que j'ai effleuré l'abominable, j'ai goûté à l'abominable complicité, c'est cela qui fera le poids de mon choix, sa force et sa détermination, qu'en des circonstances toutes identiques, identiques et différentes, je ne reconnaîtrai que ta loi, c'est cela dont nous avons besoin, c'est ce besoin viscéral que le monde appelle, qu'il néglige volontairement mais appelle, je te dirai Horsita, les arbres luisants d'été sur les collines de Bourgogne, je te dirai les forêts où le soleil frémit, la paix des paysages, les cascades, les écluses aux parois lisses et fraîches, je t'offrirai des feux de bois, ce bruit des flammes, cette musique particulière dans le silence qui pèse, je serai niaise, pour toi, avec fierté, je serai niaise mais fière quand ils riront de moi, parce que tu es ma vérité, oh ils sont si peu nombreux dans cette pleine mer, oui j'ai froid, mais je ne pleure plus, je te regarde vivre, c'est une liberté si triste que la mienne, je ne supportais pas le mensonge, c'est toi en moi qui ne supportais pas, je te rendrai, Horsita, ce qui me fut tant de fois pris, je te rendrai la paix dans la chaleur du lit, je sais ce massacre qui fut le tien, mais ce n'était pas moi qui désirais cela, ce n'était pas moi, et c'était moi, oui, c'était moi, parce qu'il fallait que j'aille au bout, que je comprenne, j'embrasserai la douleur pour toi, Horsita, car la douleur encore me gardera humaine, je suis prête, sais-tu, je suis prête, te souviens-tu de ces symptômes desquels nous fûmes atteintes, pour lesquels nous prenions ensemble les granules Ignatia, par dose quotidienne et homéopathique, et qui étaient contre la faute, l'angoisse ou le renoncement moral, mais nous étions en parfaite santé physique, n'est-ce pas, rien en nous ne fut malade et c'est pourtant toi que l'on voulait rendre malade, c'est toi dont il fut dit si tôt que tu étais le désordre et le mal, c'est toi par les mensonges qu'on voulait supprimer, que je tentais de faire crever, toi qui refaisais tous les jours le trajet de mon origine à mon présent, par refus de mourir, pour me préserver de moi-même, toi qui circules dans toutes les veines du monde, j'en vois qui traînent ton petit cadavre entre leurs dents, que les sourires cachent difficilement, je les reconnais un par un ceux qui t'ont mutilée, qui t'ont bâillonnée, ceux qui t'ont amputée, tuée ou seulement fait taire, mais le cadavre y compris est une mémoire de ton innocence, oh ils n'ont pas choisi cela, personne ne choisit cela, mais ils ont eu tant de soifs déçues, tant de déceptions oui, tant d'incompréhension et de meurtre en eux-mêmes, je te vois disparaître dans leurs gencives, j'en vois même dont ton meurtre est en train de se faire sous mes yeux, ils me parlent de morale, mais que connaissent-ils de la morale, au diable! je sais ce qu'il coûte de te défendre, je sais les sarcasmes qui traînent à ma suite et dont le murmure arrive jusqu'à mes tympans surchargés, la soif des hommes de ce monde se paye au prix de ton meurtre, j'ai renoncé à tous les bonheurs humains pour te laisser vivre, car tu es le bonheur même, ma vie, la tienne, sera plus grande que moi, ah comme nous aimerons ensemble les petites filles aux fesses mordorées, Horsita, comprends-tu que je ne vous rejoindrai jamais, je ne rejoindrai plus le monde, je me suis dissociée pour survivre, je me suis séparée des autres pour que toi tu puisses vivre, tu viens au monde à l'instant même où je m'en coupe définitivement, où je commets le meurtre de moi-même comme sujet compréhensible, je saute dans le trou noir étoilé, dans la nuit pailletée des clairières, pour devenir ce que, petite, tu savais que j'étais, les digues cèdent, je suis seule au milieu de la mer, l'hémorragie s'est arrêtée, je connais, Horsita, l'extase du renoncement, cette schizophrénie malade et heureuse, mon corps est redevenu mon propre corps, j'atteins au corps pensant, c'est d'air dont il s'agit, le sens-tu? c'est ici une pièce sans murs et pourtant hermétique, je ris

181

en pleurant, assise par terre, les jambes et les bras ballants sur le sol, la tête contre les briques, je te regarde vivre à travers une fenêtre qui n'existe pas, je suis, Horsita, dans la convulsion infinie éparpillée en particules de silence qui font un bruit assourdissant, il fallait avoir le courage de perdre ce qui m'était le plus précieux, cette compréhension de Jésus-Christ, pour te gagner à la paix, on ne peut plus me faire du mal, sais-tu, je me suis fait tout le mal que je pouvais supporter, je bascule dans l'amour, je touche l'ouvert, je suis l'univers dans une explosion de ciel et d'aurore, de tôle et de soleil, dans cette mise à mort du taureau qui se tenait par-dessus toi, et finalement ne t'ai-je pas donnée à ta capacité d'aimer, dans cette extase du renoncement, j'accède à cette chose inconnue de moi jusqu'alors, ah le « bel état », ainsi, peut-être que toute cette existence absurde dans laquelle tu t'es trouvée jetée par erreur prendra sens aujourd'hui, peut-être que tes mains n'auront pas faim en vain, car tu as été refusée par la vie et tu as continué de la servir comme si tu en avais été l'élue, je me souviens de tes regards d'autrefois qui étaient comme des éponges perdues en pleine mer, tu as la force de ceux qui ont été trop battus pour vivre et qui néanmoins vivent et naissent, cette génuflexion est ta naissance, la solitude absolue, voilà de quel prix se paye la délivrance d'espérer être compris, aimé, ma phréatique Horsita, ma trisomie chérie, je te regarde sourire, c'est parce que je t'aime que toi tu le sauras, tu n'auras jamais plus de sept ans, avec tes cheveux bruns, presque noirs, riant dans le soleil, tes yeux trop clairs, tes yeux trop fragiles... Je sais, oh combien, je fus ta défaillante !

Je suis retournée tous les jours à l'église de Turenne, je marchais les yeux baissés avec ma veste de cuir posée sur mes épaules, je poussais la porte sur la droite, m'arrêtais au pied de la nef, j'allais mettre un cierge pour nous, Horsita, je ressortais en silence, le sourire humide tourné vers le ciel, il a manqué le père, il a manqué la mère, je me suis prise dans les bras, Horsita, dans mes bras c'était toi, c'était moi, mes deux mains d'oiseau plaquées contre mes propres omoplates, mes deux mains dans la nuit, oh cette belle rencontre, de l'église de Turenne, j'ai su que je ne m'en remettrais jamais, ainsi, on ne peut plus me faire du mal, c'est une force atroce, Horsita, mais quelle force.

C'est pour toi que je suis venue jusqu'ici, jusque derrière le fleuve, de Turenne jusqu'à l'infâme gourbi, au pays des gueux, des moins que rien, de l'infâme gourbi jusque derrière le fleuve. Il nous avait été promis ici tant de beauté. J'ai attendu la pirogue près d'une heure sur l'embarcadère en bois. Et nous avons glissé sur la nef du fleuve encadré de cathédrales en arbres. Je voyais tes cheveux qui volaient dans le vent, et je devinais ton visage dans l'intensité avec laquelle tu serrais ta petite trompette en plastique rouge. Te souviens-tu comme nous arrivâmes à la nuit, sur cette terre sans électricité où de vagues soldats lisaient nos passeports à l'envers sous la lampe à pétrole. Nous avons dormi et ri au milieu des cochons sur le sol. J'ai connu là ma première joie, j'ai décidé de rentrer à Paris parce que je sais, Horsita, que toi tu peux aimer encore, parce que je sais que Samuel t'aimera. Je te dois à cet amour-là. Tu trouveras le langage des mots qui ne blessent pas, tu le trouveras, tandis qu'en silence je saurai veiller sur toi. Regarde, Horsita, nous sommes par-dessus les nuages et la ville nous attend.

(Paris)

14 avril

Chère Hortense,
J'ai bien reçu ton télégramme. Un en trois mois,
c'est peu. Tu trouveras ce mot à ton retour dont
j'ignore la date. Sache que je vais finalement me
marier cet été. Voilà. Et pourtant, comme je
t'aimais.
Samuel.

10 mai

Hortense,
Tu es rentrée donc. Et tu as trouvé mon mot.
J'ai eu ton message sur mon répondeur. Bien sûr
que je ne vais pas me marier cet été. Comment
as-tu pu croire un seul instant le contraire ? C'est
donc que tu ne m'as jamais aimé ? Je voulais que
tu éprouves enfin le poids des mots, leur pouvoir

185

maléfique qui existe aussi. On ne peut pas impunément falsifier la vérité. J'ai lu *Horsita*, bien sûr. Quel joli cadeau tu m'as fait avant ton départ, n'est-ce pas? Je vois que tu es de ceux qui sont prêts à vivre ce qu'ils écrivent. C'était beau San Salvador?

Ce n'est pas parce que l'on t'a si cruellement menti que tu dois trafiquer à ton tour la réalité de cette façon. Trahir le traître est une trahison, écris-tu quelque part, mentir à propos du menteur est un mensonge, Hortense. J'ai éprouvé une véritable nausée à la lecture de ton texte qui se veut le défenseur hardi de la vérité. Tu voudrais nous faire croire que le mensonge te répugne, mais tu as tellement trafiqué ton histoire qu'elle suinte le mensonge à chaque ligne pour moi, moi qui connais la vérité, la vérité vraie, oui, moi qui connais les faits. Tout cela m'a sincèrement dégoûté. Quelle sensation de vertige quand tout est vrai et faux à la fois, quand chaque ligne introduit un doute dans mon esprit, car tu modifies, certes imperceptiblement les choses, mais cette accumulation de modifications, même imperceptibles, change profondément l'ensemble. Et c'est ça qui est atroce et qui provoque chez moi un terrible malaise : que l'on ne puisse jamais dire exactement où, ni comment tout cela a été falsifié. Ce n'est donc pas tant que tu traites d'un tel sujet, oh non. Tu n'es pas juive, la belle affaire! Tu sais bien ce que je pense de tout ça et combien il me tarde que les « Gentils » s'en emparent, que chacun reconnaisse à quel point il porte cette histoire aussi, ce n'est pas tant le sujet, non, que ton égoïsme et ton inconscience. As-tu réalisé que tout ce dont tu parlais concernait des êtres réels, vivants? Te rends-tu compte à quel point il se

186

pourrait qu'ils en soient blessés profondément ? Quelle goule tu fais !

Jim Harrison disait, je crois, qu'écrire c'était déjà commettre un adultère (avec les personnages). Toi, tu as épousé la littérature et tu commets de temps en temps un adultère avec la vie. Je suis désolé, mais je n'ai pas envie d'être cet adultère de passage, ce personnage potentiel. Ton Samuel n'est pas moi, oh non, ton Samuel à qui tu es sans doute en train de faire dire des choses qui ne sont pas moi (nul doute que tu utiliseras cette lettre d'une manière ou d'une autre). Cette manipulation m'est tout à fait insupportable. Alors, je te laisse, avec tes obsessions, tes petits trafics (cette faculté que tu as de toujours te donner le beau rôle), non pas pour me marier, non, mais pour rester seul, sans la crainte d'être utilisé, transformé. Je suis désolé pour Horsita, cette part innocente de toi-même (comme tu la nommes) et qui existe, je le sais, je la connais, ce que j'appelle le Juif en chacun de nous. En effet, je me souviens d'avoir dit (merci pour les droits d'auteur) que le Juif en chacun de nous est celui qui fut frappé de stupeur et d'incompréhension devant le mal. Je suis désolé donc pour le Juif en toi, mais il semble que le kapo que tu abrites également soit (comme d'habitude) le plus fort.

Samuel.

Ci-joint les clefs de ton appartement.

P.S. : J'ai lu aussi les carnets de ton père. Était-ce cela qui te mettait autrefois dans de tels états, avais-tu à ce point besoin de te donner une consistance pour t'exciter sur tant de banalités ? Je ne peux y croire. Certes, les discours tu ne les as pas rêvés et ton père reste un antisémite toujours bien portant. Et alors ? Il n'est pas toi comme tu n'es pas lui. Ils sont si peu ce que nous sommes, et nous sommes si peu ce qu'ils sont. J'imagine que tu te réjouis qu'il soit encore vivant pour te lire. Est-ce par vengeance ou bien as-tu la naïveté de croire qu'il va soudainement prendre conscience des choses?

Et pourquoi ne précises-tu pas, au fait, que ton oncle François est devenu fou, que ce n'est pas par vice qu'il t'a raconté n'importe quoi, mais bien parce que sa raison plia sous tant d'horreurs. Pourquoi ne cites-tu pas le rapport du médecin et les extraits de l'entretien avec ton oncle? Je l'ai trouvé sur ton bureau après ton départ. Quand l'as-tu reçu, hein? Quand l'as-tu reçu exactement? Il me semble que tu n'avais pas fini d'écrire ton texte, non? Peut-être l'as-tu mal lu? Et bien, relis-le, tiens je te mets la photocopie que j'avais gardée. Adios!

Extrait de l'entretien du 19 janvier 1999 entre le patient François L. et le professeur Moreau.

« Je suis né, j'ai eu une enfance, j'ai eu des parents, un père qui était nazi, non, une mère qui a fait ci ou ça, je vois des petits appareils, il y a des petits appareils qui enregistrent et des petits appareils qui... Je dois consulter les cinquante millions de fibres nerveuses.

J'ai compris tout ça. Je ne cherche à faire d'ennuis à personne. Un père nazi, non, un père juif, non. Une mère juive. J'ai peur de mourir. Mon corps va disparaître. Je ne peux plus me laver, j'oublie un morceau de bras dans la baignoire. Je ne veux pas aller dans le bac à douche. Je demande qu'on me fiche la paix. Ils ne sont pas revenus. Non. Un père nazi, non. Une mère juive. Quelle importance. Non, je veux qu'on me laisse comme je suis. Je suis Dieu. Je crois qu'il n'y a pas de petits appareils. Hortense, non, je n'ai pas connu d'Hortense. Son père n'était pas juif. Non, il ne faut pas exagérer. Je dis toujours la vérité. Le temps ne s'écoule plus, non, il s'amasse. Je ne veux d'ennuis à personne. Pourquoi ces petits appareils? Regardez, là, ma mémoire a été tranchée. Je crois avoir ri la semaine dernière mais je ne peux plus avoir le souvenir du pourquoi de ce rire. Je n'ai pas pleuré depuis dix-sept mois. J'ai mangé des framboises, hier. Je dois louer un autre appartement, ils vont me retrouver. J'ai besoin d'espace. Non, ça on ne peut pas rentrer dans la tête des gens, c'est certain. On ne peut pas. Personne n'est rentré dans la mienne. Tout est clos, rien ne dépasse, tout est fermé. Non, personne ne pourra jamais voir dans ma tête. Personne. Je ne peux pas raconter, non, c'est impossible. »

(...)

Alors, mon corps est tombé par petites strates, nerveusement, dans des frémissements inarticulables, et comme chacun de mes petits organes venait s'affaisser sur le sol, le langage, la langue elle-même est descendue en déconstruction, Ya ko rougéa mila non amorati, où est la preuve? où est la *proof*? dans quel conte es-tu Horsita, dans quel conte? il a touché la peau de mon rire, oh, ses petits beignets ont bouleversé ma vie, vous me touchez beaucoup, qu'est-ce que vous voulez dire? que je vous touche trop? oh non! quelle émotion! l'effet de votre bouche, où sont les faits? où sont les preuves? je vais me baigner, je vais me baigner! certains de ses espoirs, les mots se sont affaissés, non, que dis-tu? je ne comprends pas ce que tu dis, de quoi parles-

tu ? il y eut les fessées sur mon cœur, par
cette main vigoureuse, dans le foie, quelles
entailles ! tu sais bien ? non, je ne sais rien,
doucement, un à un les organes sur le sol, je
me suis affaissée, de quelle fessée parlez-
vous ? de toutes celles qui ont été, (battue ?),
je décris tout cela, tu ne décris rien, Horsita ? fondue ? le cri, les cris, tu ne décris
rien, le feu, je le reconnais, tout s'affaisse, et
alors : la brûlure, tu ne décris rien, aucun
cri, ils me liront, affaissée sur le lit, non, sur
le sol, tu n'en tireras pas trois phrases, amorati, orulando nal, think ! Yo, Yo, Yo, un
petit mouvement, langue brûlée, fondue, je
te dis fondue, ils se sont fondus ensemble,
que dis-tu ? faites-les venir, faites-les venir,
que l'on fasse venir les adjectifs, au diable le
verbe, je meurs, non, je meurs, c'est à cause
de la lettre, la lettre sur le vrai-faux
mariage, non c'est à cause du mensonge, de
l'échec du langage, ainsi vous allez vous
marier cet été ? c'est la lettre de Samuel,
tout s'est fondu, je me suis mouru sur le
parquet, quel langage, quelle langue ! Horsita, au secours, Horsita ? qui es-tu toi ?
Irène ? Irène, ils ne t'ont pas tuée ? qui êtes-
vous ? des mots, des mots, dans la satura-
tion du sens, je ne comprends plus, enfin, il
disait qu'il m'aimait, alors pourquoi la
cruauté ? ils disaient qu'ils m'aimaient,

192

alors quoi? Amorfati, ouro fonduanelle! ça n'existe pas, en avez-vous les preuves? quelles sont les preuves? Horsita, donne-moi la main, la main? qu'est-ce que la main? Penser, ridicule my lord! ah non! chéri, amorfati, jouirendello! sur le parquet, cette masse étrange et sombre, qui êtes-vous? Varanus, je m'appelle Varanus, quelle est cette histoire? c'est fini, je cherche un sujet, le pronom premier, donnez-moi la langue par pitié! oh, mon foie s'en va, mon foie, les litres de vin, c'est cela? bizarre, ils diront bizarre, qu'est-ce que c'est bizarre, tu sais Horsita comme j'ai été petite, Horsita, quel âge as-tu? Horsita, quel âge avons-nous? quel âge est le mien? mais puisqu'il ne devait pas se marier cet été, pourquoi cette lettre? non, ce n'est pas la lettre, tu sais bien le drame c'est la Pologne, non, si, oh cette douceur, et ce silence, *que saudade*, j'ai froid, pourquoi ce froid lunaire, il y avait le sang, les organes en ordre dans le sac, il y avait les mots, oh, cette belle croyance, la trahison, qu'est-ce que ce mot? Papa, François, Samuel, Hortense, les traîtres, quels traîtres? Il n'y a rien, si, quel est ce mot de trahison? la sensation du pincement dans le sternum, l'immense douleur qui n'accouche de rien, juste cette sensation, quels sont les mots? il n'y a plus rien? tu me diras, toi, Horsita, la vérité des choses, il n'y a pas de vérité, le désir, cette combinaison de pincements entre le ventre et le thorax, et la peine, voilà la trahison? mais non! je parle d'amour, de quoi parles-tu? il n'y a plus rien, que ce foie se taise à jamais, amor fati, que dis-tu? oh, sur mes rampes d'azur, je prenais l'envol grandiose, tu ne sais rien, Horsita, mon dieu! où sont tes croyances éteintes? ce petit feu de Saint-Jean ivre et obscène, ils ont brûlé ma langue, j'ai froid, tout ce chaud, ça brûle, c'est fini, le feu, tout fondu, tout fondu, rien, il n'y a plus rien, la chaise, la table, que regardes-tu ainsi, réponds! aucun ordre, aucune doctrine, aucun dogme, tu ne croiras plus à rien, ah, ah, et quel était le problème? les valeurs, tu sais bien, *Who do you think I am? who do you think you are?* ce n'était pas moi, qui? sur les photos toutes différentes, identiques et différentes, qui? dans les baisers froissés des cuisses ouvertes sur la nuit, quelles étaient leurs langues, je n'ai plus de langue, je suis aussi étrangère au monde que Varanus au parquet ciré sur lequel il repose, un mouvement, la chaise est tombée, et les livres gisent par terre, je n'ai rien vu, j'ai vu lorsqu'ils sont tombés, et maintenant? je n'ai rien vu, j'ai vu la photo de Samuel et d'Hortense sur le bateau-mouche, je crois bien qu'ils s'aimaient, mais où sont les preuves ? dans le regard qu'ils portaient l'un sur l'autre (hé oui) et non dans les faits, ces petits insectes qui grouillent dans le réel. Où sont les preuves ? Où sont les faits ? quelle autre preuve de la vie que celle de ne pas être mort ? quelle autre preuve que le cadavre ?

Vous n'aviez pas le droit à cela, ils m'ont acculée à la gloire, ils savaient bien que je n'en reviendrais pas, Horsita, tu ne reviendras pas ? qui sommes-nous ? je ne reconnais plus rien, je voulais dire la Pologne, ce froid de l'Est, qu'est donc mon paysage devenu, dis-le, dis-le tout cela, mais il faudrait une autre langue, une langue nouvelle, sans les mots, arrêtons de tuer les mouches, musica maestro ! les petits lézards de mes rêves sont tapis sous la pierre, craintifs, libérons les lézards ! je me méfie de toutes les mains, qui frappera ? qui caressera ? Où est la « grande caresse » ? ne comprends-tu pas que je suis saturée de mémoire, j'ai cru aux bateaux-mouches, sans rire ! je suis la mémoire sanguine déposée dans mes flancs, ils m'ont transmis leur mémoire, ils m'ont transmis leurs croyances,

(bien sûr que je ne vais pas me marier cet

été, comment as-tu pu croire un seul instant le contraire? Je voulais te faire comprendre le poids des mots)

les phrases s'écroulent dans la tempe électrique du crâne, le sens se fond sous cet excès, la bave aux commissures des mots, je ne comprends plus rien, l'hippocampe dans le cerveau de la langue, oh, ce cheval de mer que j'ai tant aimé, aimer? que voulez-vous dire? je sens l'altération raisonnable des adjectifs, tout s'est dissous, non je n'en reviendrai pas, amor fati, que disent-ils? tout en bas sur le sol, la foudre de ma langue, rompue dans une atomisation de vocable, ah le verbe, *epilambaneien*, quel est ce mot?

(encore un Juif? est-ce que les Juifs ne pourraient pas cesser...)

du verbe grec, *surprendre*, qui est surpris, *épilepsie*, où sont-ils passés? je recommence: aux commissures des phrases j'ai vu l'écume du sens mousser sous le poids du verbe, je ne reviendrai pas, non, mais tout de même, ils exagèrent, de la tendresse? qu'est-ce que cela signifie, naïveté et candeur, la même électricité? cet essaim de nerfs dans ma phrase, dans ma langue, je sens la dépolarisation massive paroxystique du sens, que dites-vous? Oh mon cheval de mer! les clonies de mes phrases ont embrasé mes hémisphères, droite, gauche, quelle importance? d'où parlez-vous? qui êtes-vous? que lisez-vous? l'épilepsie du langage! peut-on aller au-delà de cette trépanation? j'ai hoché mes pronoms d'avant en arrière pour trouver mon équilibre, je rumine les mots dans ma phrase, dans ma langue sept fois tournée dans ma bouche, il ne me vient rien que cette électricité purpurine qui disloque la pensée, oh mon corps s'en va par mottes, je vous en jetterai des mottes de corps à la figure, c'est le langage qui donne volume au corps, je sais parfaitement, la vérité baigne dans mes gencives, dans les gencives abîmées et rougies du verbe, que dites-vous? l'image? les mots sont devenus en trop? moi? j'ignore qui est celui-là, qui est-il? le savez-vous? quel est ce mot de souffrance? quelque chose de rance, dans les gencives du verbe je sens cette odeur de pourriture, allons! calmezmoi cette électricité, oh, les seins des nerfs, ça recommence, dans les reins de mes phrases, quelques clonies étranges, au menton de mon sujet je vois trembler les larmes, qui êtes-vous? vient le redressement tonique de la proposition gingivale, oh ce vocabulaire en électrodes sur les tempes du langage, de quoi parle-t-on? vous délirez! non! l'amertume, ah, le joli mot, nous ferons crever les mots d'amour et de tendresse, franchement, je ne comprends plus rien, Auschwitz, c'est cela, il ne fallait pas exagérer, par pitié les mots s'en vont, donnez-moi la langue, je n'ai plus besoin des humains, j'ai fécondé l'horreur, j'ai pénétré dans la matrice de l'abject, à quoi cela ressemble-t-il ? à un petit jardin fleuri avec des nains en porcelaine, à une piscine où quelques femmes tiennent par la laisse leur lévriers afghans loin de la nursery, il ne fallait pas exagérer, ma vie d'homme fut courte finalement, j'ai éprouvé la jouissance des bourreaux, fusillons tous les antisémites ! comment s'est fait piner ma mère ? il ne fallait pas exagérer, le syndrome de Mekeless a encore frappé, levez-vous, la route est longue, la tâche immense, je serai enfin sourde, j'écrirai l'*Hortensius* : car si vous ne choisissez pas le bien à partir d'Auschwitz, de la connaissance de l'existence d'Auschwitz, votre choix n'a aucune valeur dans ce monde-ci, car ce monde où vous vivez est directement issu d'Auschwitz, bavardes, Hortense, bavardes ! je suis Rudolf Hoess, non, il ne faut pas parler de ces sortes de choses, qui le dit ? le langage, quel langage ? t'en fais pas ma grosse, ils ne t'entendront pas, donnez-moi la langue par pitié,

198

un à un mes organes sur le sol, je sais, sur le parquet, j'ai vu tout le langage en morceaux, éparpillés, l'ensemble du monde est pour moi saturé de sens, quelle porcherie, est-ce que tout cela ne pourrait pas finalement cesser? que vienne la chute, le calme de la convulsion permanente, dans le creux de ma voix : un kilo cinq de chair spongieuse, comme une crème renversée ratée, un avocat trop mûr (mon cerveau), pourquoi refusent-ils de voir qu'Auschwitz est leur histoire? ils voulaient être aimés, bien sûr, tous! s'il n'y avait pas eu les hochements de la phrase, ces petits vacillements du sens d'avant en arrière, peut-être aurais-je pu échapper à l'embrasement, cinq mille volts, je brûle, je ne sens plus rien, je brûle, je vous en supplie, rendez-moi les phrases, le sens, celui du toucher et le reste, je vous en prie, je ne saurai vivre sans, la tempête électrique prend tout, je n'en reviendrai pas, ce n'est plus le petit mal, ni le grand mal, c'est au-delà du mal, au-delà des torsions vertigineuses et rotatives, c'est le plafond même du langage qui s'écroule, la langue aura eu raison de mon cerveau, au secours, j'appelle, non les mots ne servent plus de rien, les décharges partent toutes ensemble, le mensonge inonde chacune de mes fénules, fénules de ma syntaxe irradiée, cette lave luxuriante et brillante, je ne connais aucune extase, la sémiologie ne servira à rien, ni le gardénal de vos conjugaisons, je me souviens des nuits fraîches, quelle est cette phrase? je vous en prie, cessez cela, j'aurais dû sentir, l'aura m'alerter par ce frémissement intérieur des mots, je commençais pourtant de voir que vacillait un peu l'ordre de mes pronoms, j'aurais dû sentir toutes ces choses dans les droites fénules de mon verbe, oh, j'ai le ménisque à découvert, il ne fallait pas m'introduire à ces génuflexions laïques, par absence je reviendrai, dans l'absence, parce que je ne suis plus, croyez-vous réellement, croient-ils réellement être entendus quand ils parlent? je perds connaissance dans cette électricité de germinal, que dis-tu? à qui parles-tu? il ne fallait pas exagérer, c'est cela, il ne fallait pas exagérer, toute la grammaire s'est raidie dans une tension convulsive désastreuse, quelle giration folle, je brûle, les grands brûlés, te souviens-tu? il n'y aura plus de patience, je le sais déjà, j'aurais dû prévoir cette génuine, l'aura d'hier me prévenir de la crise, comment lire, comment comprendre, je comprends tout, je vois tout, derrière le socle du langage, j'ai trouvé la terre meuble de la conscience, amor fati, les lettres prennent feu les unes

200

après les autres, vingt-six incandescences qui m'encerclent et me narguent, l'ivresse convulsivante est venue, *morbus convivalis,* je glisse sur la viscosité du sens, quelle langue parlez-vous? quelle langue sort de ma bouche? un trou de trépan ne viendra jamais à bout de ce feu, l'embrasement a eu lieu au-dessus du vide, les mottes de corps projetées au milieu des phrases, *ragged fibbers,* toutes les fibres mises à nu, une à une, les fibres du sens qui s'immisçaient autrefois gentiment dans mes hémisphères, ils sont en feu, de la musique, qu'on envoie la musique, enfin le silence, le grand théâtre commence, le vertige sans fin, dans le vide, dans le noir de la compréhension absolue, je mesure les conséquences délétères, celui qui cherche ce qui fait loi est encore sous le coup de la loi, il n'y a plus de loi, le mot même de loi me rit au nez, oh ma langue pourquoi m'as-tu abandonnée, ne me parlez plus d'amour, chaque conversation est pour moi une telle souffrance, est la preuve de l'irréfutable incompréhension, ne me parlez plus, je vous en supplie, que ferons-nous de nos hermétiques Gethsémanis, parle-moi, Hortense, relève-toi, nous n'irons pas au paradis, il n'y a pas de paradis, Hortense, nous allons choir ensemble dans cette insurrection du verbe, Hortense, je deviendrai dure, moi ta Pénélope (j'étais sa Pénélope), mais je ne dors plus, mon cerveau allaite et coule, le parquet est mouillé par l'humide de mon corps qui se vide de sens, que restera-t-il finalement sinon la compagnie des bêtes, cette unique façon que je trouverai de vivre pour ne pas trop souffrir, Hortense, quelle mort a happé tes croyances ? ce monde-là n'était pas ce que tu devais vivre, il n'y avait rien à vivre, un temps, une époque mais aussi bien autre chose, recommencer toute l'histoire, il te fallait tout recommencer depuis le début jusqu'à aujourd'hui, jusqu'à cette perte radicale du langage où ils se sont tous cognés un soir, refaire le chemin en sens inverse, repartir vers l'innocence, il n'y a plus d'innocence, je deviendrai mauvaise, je ne sais plus de quel genre je suis, qui as-tu berné ? qu'as-tu cherché ? et voilà, nous sommes maintenant tous ensemble couchés dans la nuit d'Auschwitz, sans appui, sans cette langue de mots qui nous servait autrefois de support, de possible établi où travailler l'amour, et maintenant ? il n'y aura plus de conversation, cette hébétude gracieuse qui fut nôtre, que t'importait ton père et ta mère, oui tout est égal au fond !

Allons, j'ai trente ans et je suis un jeune homme, j'étais là, il y eut le lance-flammes, ils disent que non, mais je sais, tu ne supportais pas Hortense, qu'Horsita pût hurler, pauvre crétine, sur les terrasses de nos corps reposent de vaines sensations, ouvre donc tes cuisses cathédrales, dans le vide de la lumière, cette clarté inflammable, la chute des corps a commencé en Occident, Horsita-Auschwitz, Horsita-Birkenau, Horsita-Ravensbrück, Horsita-Treblinka, tous les meurtres accomplis, j'ai dansé le ménisque dardé, cette génuflexion de Jésus-Christ, quelle foutaise, je serai méchant, je suis un jeune homme, je serai méchant, vous m'aurez rendu méchant, il faudra accomplir le meurtre tout à fait, le meurtre iliaque d'Horsita dans nos veines, elle ne m'échappera pas, le paradis est à Sigmaringen, ha, ha, l'amertume, Papa, nous partirons ensemble à Sigmaringen avec ta complice de femme après avoir massacré Horsita, j'avais tenté de vous rejoindre dans cette fiction de rien du tout, par le mensonge de dire ma vérité, mais l'autre est séparé de moi par les briques d'un langage qui ne parle plus, ôtez donc vos cagoules que je vous reconnaisse, j'erre sans fin dans un couloir aux vitres transparentes, et devant, et derrière se profilent à l'infini d'autres couloirs sans fin aux vitres transparentes, et dans chacun un être hagard, ils se regardent tous, croient se toucher quand ils ne font qu'effleurer leur propre vitre, croient se parler quand sur leurs bouches tordues se lisent d'impossibles borborygmes, toutes ces amours qui ont fini par chanter dans le néant, Horsita, je te tuerai, je roulerai tes agneaux éventrés dans la terre, et tu seras à leurs côtés une mère insensible, le xxᵉ siècle a exagéré, pourquoi ce mot de Juif nous est-il devenu imprononçable ? je suis un monstre indifférent, je te tuerai Horsita, ici le mot d'humain ne veut rien dire, ici la langue ne fait pas sens, ici il n'y a rien que des masses compactes les unes à côté des autres qui ne se regardent plus, ici tout a été brûlé, je te tuerai Horsita, je lirai goutte à goutte ton parchemin de veines, tu ne m'échapperas pas, je te tuerai, dans un soulagement rouge et or, j'enverrai ton petit corps se fracasser contre une Simca bleu métallisé, tu la prendras de plein fouet, je me mettrai à rire au moment de ta chute, dans le soleil aveuglant, j'entendrai ton sang opaque bourdonner dans mes oreilles, comme la musique d'une délivrance, je verrai tes flancs charnus et ouverts, tes flancs Horsita, tes flancs assassinés, puis avec vice je feindrai la naïveté et la candeur,

NON !

Le lit, le fauteuil, la table, le silence des pavés, de la pierre, ici, il ne passe jamais personne, je mets les doigts dans mon oreille, j'entends l'écume de mon sang, mes pieds brûlés sont condamnés à danser, ils nous ont décortiqués en petits morceaux d'os minuscules, j'entends la mer, d'où je parle, les flots d'abysse, le silence est saturé d'os, je n'ai plus confiance, c'était cela que tu portais Horsita, ce poids de confiance lourd et charnu, il ne fallait pas exagérer, « je le dis comme je l'entends », j'entends la mer, ne recommencez pas avec le lance-flammes, il n'y a jamais eu de lance-flammes, quel juvénal transi suis-je devenu ? je roulerai dans les pissenlits, il en sera plein l'herbe, nous ne pouvons rien contre les pissenlits, ni eux pour nous, ces petites touffes jaunes, ces espérances de ciel reconverti, pustules de soleil, leur sève liquide ne sera plus dans mes mains s'arc-boutant, leur sève liquide ne se diluera plus hors de la tige, sur mes doigts, mes palmes, mes petites nageoires, le pouce plié, la cre-vasse était nue, cette bouche improvisée vomissait son pus et sa malédiction, nous organiserons la saignée des mots dans la langue, je me souviens de cette crevasse comme d'une grimace terrible, ce n'est pas vrai, je ne me souviens plus de rien, que dis-tu ? ce trop-plein quis'écoule, la langue retroussée, la phrase révulsée, le sperme des yeux qui me sort par la bouche, sur mon pull lilas aux accents de cassis, j'ai vu la poudre du soleil des pissenlits répandue sur mon bras, je ne goûterai pas leur racine, mes genoux sont meurtris, cette intimité sur laquelle je me suis abattue tant de fois, mes palmes ouvertes, quel jus laiteux, mes fesses tendues pour les coups, mes souvenirs ne m'appartiennent pas, ils sont à vous, je vous les donne, ils ne m'apprendront rien, moi qui ai tant voulu comprendre, qui ai espéré l'extrême compréhension dans la soif de ne plus comprendre enfin, moi, ni née, ni morte, une gageure, rien ne fait plus preuve, on comprendra de quel désastre il s'agit, il est impossible de pénétrer le cartilage d'Auschwitz, est-ce bientôt fini ce désordre ? je vois le blanc ténu, les muqueuses et le temps humide et sec qui serpente et patine, j'ouvre la palourde féconde, je pose ma langue au creux du coquillage, les phrases ne font plus sens, je n'ai plus les moyens de la représentation, j'ai connu le lac salé de la génuflexion, ce qui rit et pleure en même temps, on ne peut pas supporter deux fois le même crime, il n'y avait pas de mur, non, Doïe, Doïe, nous serons, Hortense, désormais, comme les petites crottes séchées au cul des épagneuls bretons, je cherche le pronom premier, tu ne peux pas comprendre Hortense, toi et toute ta culture, Hortense ? où es-tu ? réponds, répondez à la fin, ce n'est plus drôle, tout ceci est incompréhensible, je n'en conviendrai pas, ils m'ont rendue cinglée, tu m'as rendue cinglée Hortense, chienne, le dépassement ne se fait que dans le choix, tu disais cela, chienne, il n'y a pas de choix dans le pays où je suis, rien, c'est arrivé, mais quoi ? dans la bouche écumante du langage le sens s'est trouvé consumé, la barbarie commence avec le mensonge, voilà ce qui nous brûla, je suis une taupe aveugle dans la lumière du sens, les femmes coulent, on le dit, je le sens, suis-je une femme ? je ne suis pas une femme, je conclus que je le sais, elles le sentent, à ce qu'elles disent, je l'ignore, je suis retournée avant la conscience du sang, qu'est-ce que circuler veut dire, quelle est cette combinaison de petites lettres nerveuses, je vous le promets, j'aurai un jour le courage de l'ignorance, tu disais cela Hortense, voilà ce qui arrive quand on ment aux petites filles, tu as torturé Horsita, pourquoi parlé-je encore, tout m'est indifférent, Horsita, j'aurais voulu moi aussi te serrer dans mes bras, je te regardais vivre avant même que de naître, j'ai vu la tendresse, cette clameur, tout devient vrai quand on ne croit plus aux mots, voilà, ils ont assassiné la langue à Auschwitz, Varanus, qui es-tu ? puisque le vert n'est pas vert, le reste est vrai aussi, essaierai-je une dernière fois, je voudrais parler encore avant l'extinction exemplaire, me comprenez-vous ? essayer une dernière fois avant la chute, je voudrais connaître encore une fois cette « brûlure de miel », c'est bientôt fini ce désordre ? existe-t-il un autre état que celui de la confiance bafouée ? j'étais engrossée de cette chose qui n'était pas à moi, dont j'étais vécue, au nom d'une morale qui n'était pas la mienne, essaierai-je encore une fois de dire, ce n'est pas autobiographique au moins ? les imbéciles ! à qui appartiennent ces mains, à qui ces yeux, à qui cette peau lisse et truquée ? Ah, le bel ordre encastré dans nos corps maladroits, ma langue est mutilée, je ne connaîtrai pas la restitution *ad integrum* de ma langue, alors comment oser parler ? j'ignorais la déréliction, cette détresse respiratoire, j'halète, derrière le langage, il n'y a qu'un mugissement inarticulable, Princesse No, je prierai pour toi, votre univers est abominable, vous avez créé des mots vides de vérité, mon cul affamé de ta guerre, cette rutilance luisante et vermeille, liquide poisseux, lumineux éclat, ce brillant entre mes cuisses ouvertes sur mon triangle tendu, mes cris braconnaient ta peur, mes cris braconnaient Dieu, donnez-moi la langue nouvelle, cette avant-Babel qui me tord (les fera-t-on taire), qui sont ces gens ? donnez-moi la langue du silence, *ich liebe dich*, me résoudrai-je enfin à lâcher mes mottes ? j'ai équarri la poutre du langage, j'ai tendu l'arche épileptique de la langue jusqu'à la rupture, et pour quoi ? assise en nuisette sur la chaise, je grossis, l'odeur des méduses est venue me chercher jusqu'au fond de ma gorge, cette gelée marine qui appelait sa forme, je sentirai tous les muscles désormais, ou plus rien, tout sera égal, ils ne me demanderont plus d'être calme, leurs vocables n'ont plus sens, il n'y avait rien d'autre à chercher que la grâce (je me suis trompée) y compris au milieu de la mort, aurez-vous les moyens de vous passer de la représentation ? ne recommencez pas avec le lance-flammes, quel lance-flammes ? Varanus, qui suis-je ? je suis Varanus, mon corps est un château dont j'ignore la structure, la chair est en avance, le temps se condense autour de moi de façon tout à fait inintelligible, nous avions aimé un âne, je revois son crâne rouge par-dessus la balustrade, fusillons les méduses, ils ont caché leur visage, oh la brûlure, cette entité qui fut la mienne, je n'irai pas à Cracovie ni à Weimar, genièvre dans son ciel étoilé, au corpus génital, Varanus, j'ai essayé, jusqu'au bout essayé, « j'étais une force du bien », mais dans quelque réserve à varans je finirai, parmi les miens (enfin), la voix tue, la langue gelée et ma peau de grand brûlé aussi douce que la leur, lisse, je finirai au milieu de ceux-là, je serai enfin qui je suis parce qu'en rien je n'étais ceux qui ont été moi, dans une réserve à varans je finirai (de Komodo) tous ensemble, frères amis dans le silence, dans le rien, sans un mot, sans un son, et ma langue fourchue se taira mignonne, puisque,

Le rivage s'éloigne, dans cette nuit sombre et noire les petites lumières vont en s'affaiblissant, Varanus a fondu sur moi, sur les spectres autonomes de mes vies, Varanus, son grand corps lisse et doux qui m'écrasa doucement, oh cette langue gelée qui n'était pas la mienne, je suis un varan, je pèse et je vole, au milieu de l'espace, cent kilos de chair brûlée à l'intérieur desquels les organes ont fondu sous le feu, masse rougeoyante et lisse, tous agglutinés sous la violence des flammes, Varanus, statue compacte dont le cœur s'est mélangé au foie, et les artères toutes givrées en un seul magma obscène qui se tait. Je pèse et je vole.

— Horsita, que fais-tu là ?

Je suis venue te chercher, dit-elle.

Mon corps protégeait mes hémisphères, j'ai vu tous les hippocampes brûlés, leurs museaux tubuleux, qu'achevait une bouche fendue verticalement, je suis un monstre marin, mes excroissances barbues et carti-lagineuses inventeront la langue, la pre-mière langue unie, j'inventerai avant que les méduses ne m'aspirent, que leur vide de ventouse suce mes derniers mots, ma soif de comprendre s'est couchée devant tant de clarté : ils tueront l'honnête homme, mais Horsita est, la nuit, venue me chercher dans mes draps, sainte Hortense, retirée en sa terre de Turenne, qui avait prôné la vérité dans les mots, ah, « elle est vivante la parole, énergique et plus coupante qu'une épée à deux tranchants, elle pénètre au plus profond de l'âme, jusqu'aux jointures et jusqu'aux moelles », on leur rentrera sous la peau, sainte Hortense, ma chérie, je marie-rai le varan et la sainte, je les accouplerai de force pour qu'ils inventent la langue nou-velle, j'engrosserai leurs hémisphères, un peu de courage, que diable ! alors j'enten-drai le souffle de leur halètement, il y eut un royaume, il y aura un royaume, je casserai les règles, je tendrai la compréhension jusqu'à la rendre souveraine, ils accoucheront d'une intensité insupportable, ils accoucheront de la tendresse éblouie de se laisser vivre, je ne dormirai plus, je coucherai seulement la masse de mon corps épuisé par tant d'efforts, nous suspendrons le sens présent des mots, dans ma langue nouvelle, ah, le rire sera le maître, croyez-vous qu'il soit si facile de revendiquer la joie ? croyez-vous que le noir scintille comme la lumière ? il brûle comme le feu, je les brûlerai de force ensemble, pour les confondre, ils diront que j'exagère, qu'avez-vous donc fait à vos Horsita ? nous sommes des barbares, le mensonge fut fécondé en nous, maternité de mort, mais l'horsita est venue me rechercher la nuit, dans les plis de mes draps !

Le cerveau me pisse par les yeux, est-ce cela qu'ordinairement on appelle pleurer ? J'aurais tort contre vous, mais vous vous abreuverez demain à la raison du tort que j'ai aujourd'hui, en moi le temps s'irriguera en explosions cardiaques, en humeurs fiévreuses, en lettres, les hommes à queue de singe ne sodomiseront plus mon cerveau, je les ferai remonter, s'effacer dans les murs, ils ne viendront plus m'injurier ni importuner ma besogne, François, Rosa, Hélène,

Henri, Hortense, Samuel, Pierre, je vous emporterai au-delà de la tombe, vous me suivrez, insensibles au temps, je vous tiendrai par-dessus les précipices et nous volerons avec les lions et les licornes, nous serons tous réunis sur le socle de la langue nouvelle, soyez nu qu'ils disaient, soyez nu, la *nuidité*, nous savons bien ce qu'ils en font, ils la mettent en charpie, qu'est-ce que ce mot de *nuidité* ? il m'en pousse de partout du langage, je chercherai les miens (au zoo, dans la rue, je n'ai rien trouvé), ensemble nous ferons dégorger le langage des pierres, nous soulagerons les femmes si jolies avec leur petit bébé dans les bras, nous les soulagerons de leur violence extrême, nous deviendrons sourds comme des éponges gorgées de mer, je vous donnerai le vert des arbres dans la lumière du soir, et les vaches humides dans les champs de blés rouges, couchés et mouillés par le vent (pourquoi l'enfant apprend-il à parler ?), nous supprimerons les malentendus, il faudra casser l'ordre, nous rendrons Louis à son destin, oui les blés seront rouges, et le blanc des rêves s'éventrera de bleu,

(mes branchies d'espoir à jamais sans eaux)

non, ne recommençons pas, je serai cette matière terrible qui se recroqueville sous la

213

chaleur, pour atteindre le vide immense et plein, je serai au matin comme les arbres vivants, dans mon oscillement je trouverai la mobilité parfaite, nous ouvrirons nos crânes pour regarder dedans, je vous rejoindrai tous, alors je serai seule, oui, je serai seule car c'est dans ma solitude que je vous suis le plus présente, je voudrais être avec vous, je voudrais partager votre présence sans absence, nous serons ensemble, nous aimerons sans mentir ni souffrir, entendrez-vous ma voix, ce murmure qui crie dans le coton ? la peau brûlée jusqu'à la moelle, j'éprouverai tout, car mon moi n'éprouvera plus rien, je serai pour vous absolument perméable, vous me traverserez sans jamais m'ouvrir, vous me pénétrerez sans jamais m'atteindre, car je serai étendue de toute mon entité à la surface du sens, ma profondeur se diluera de toute sa largeur, je conjuguerai ma mémoire au présent, nous serons cette mémoire comitiale et vivante, je respire encore, je respire, triste et certaine comme les yeux pâles des cochons, leurs yeux bleus, je trouverai les muscles des choses qui n'en ont pas, comment parlerons-nous des limaces ? j'ai échoué dans le langage et dans le corps, j'inventerai la langue unie, par pitié, nous brandirons l'épée aux mille tranchants, sommes-nous autre chose que des chiots perdus au pelage mouillé? la musique des mots sera notre pouvoir, je vous verrai sourire dans mon ravissement de sainte, nos corps seront guéris, ils ne seront plus frappés au mur, nous pratiquerons la sodomie dans la joie, je soignerai la lèpre de vos nerfs à vif, les aubes vénéneuses resplendiront dans la nuit, dans les collines vertes souillées de lumière, nous balbutierons par l'anus la langue nouvelle, je serai votre sigisbée, nos corps diront pour nous ce savoir qu'ils ignorent eux-mêmes, je ne néglige aucune sensation, le soleil a chauffé toute la journée, nous nageons dans l'idiotie merveilleuse! J'ai mis l'ensemble de mes forces à l'air libre, dans quelle bamboche irons-nous laper l'absurde au milieu des squales!

Un chantier! voilà ce que nous sommes, pour l'édification de je ne sais quel sabbat! et finalement ce sera la langue elle-même qui nous enterrera tous, je voudrais tout éprouver pour tout vous dire, et la mort y compris, ce mugissement de la conscience brûlée vive, les mots sont des bourreaux, la syntaxe nous a vrillé le crâne, la catastrophe est à venir, mais j'inventerai le bonheur comme un jaguar qui mord dans une viande rose et blanche!

Où est-il ce monde que j'ai entraperçu

pour vous, et que fait ici cette veste de cuir posée sur le fauteuil, dont le col, les épaules, semblent fuir une indicible horreur, dont les manches sont retenues par les pinces intransigeantes d'un monstre inexorable (le temps)? Quel est ce bourdonnement et ce gong? je cours vers l'extérieur de la pièce pour me précipiter au centre, je suis cette pièce, mais nous serons au milieu des framboises à regarder infiniment le non-sens du ciel, le ciel sans le mot de ciel, le ciel ignorant l'existence du mot ciel, à l'intérieur, nous avons le visage des survivants, mon caractère s'est endurci, je n'ai plus besoin de réconfort, j'ai assisté à l'éboulement de mes tamanoirs intimes qui cherchaient d'illusoires fourmis, l'autre m'est une greffe étrangère, ma beauté, il disait, ma beauté, mon amour, quand il entendait mon cri de figue déchirée à l'ouverture rougeoyante, est-ce parce que vous avez trop souffert que vous êtes devenus indifférents? je hais ces mensonges qui nous ont fait tant de mal, quelles berges du langage devrons-nous accoster, quelle puissance osera enfin nous posséder? je voudrai être nue et ligotée au lit, que l'on prenne possession de mes hémorragies, je suis ouverte, je me vide, trouée, pleine d'air et de cavités, que l'on

glisse dans ma bouche ce dur mors de cheval, je vous en prie, fouaillez-moi en plein
jour, dressez-moi à la joie!

Horsita, quelle est ta langue, quel alpha-
bet ton corps porte-t-il? C'est cela que nous
devons chercher, c'est cela que *je* dois chercher. Moi qui n'étais pas Hortense, qui ne
suis pas même Horsita, mais cette voix
emmurée, à genoux, qui gémissait dans le
fond de ma gorge, qui danse aujourd'hui
dans mon corps si vivant. Et dans la langue,
je prêcherai, oui, je prêcherai la joie.

Merci à Jean-Pierre A.
Sincèrement.

Merci à Bertrand.
Pour d'autres raisons.

Composition réalisée par EURONUMÉRIQUE

IMPRIMÉ EN ALLEMAGNE PAR ELSNERDRUCK
Dépôt légal Édit. : 9757-03/2001
Librairie Générale Française - 43, quai de Grenelle - 75015 Paris.
ISBN : 2-253-15024-X